곁에 두고 싶은 시

_____ 님께

사랑할 때

기뻐할 때

가슴 아플 때

기쁨과 환희가 있을 때

내 곁에 나를 알아주고 보듬어 주는 시

마음의 울림으로 다가오는 시

당신곁에 있고 있어야 하고, 있을 가슴 따뜻한 시

펴는 순간

아름다운 시와 그림의 어울림으로

향기나는 꽃밭이 된다.

_____ 드림

곁에 두고
싶은 시

초판 1쇄 발행 2016년 9월 9일

지 은 이   정순화
발 행 인   권선복
편집주간   김정웅
디 자 인   김소영
전 자 책   천훈민
마 케 팅   권보송
발 행 처   행복한 에너지
출판등록   제315-2013-000001호
주   소   (157-010) 서울특별시 강서구 화곡로 232
전   화   0505-613-6133
팩   스   0303-0799-1560
홈페이지   www.happybook.or.kr
이 메 일   ksbdata@daum.net

값 15,000원

ISBN 979-11-86673-66-9   03810

Copyright ⓒ 정순화, 2016

행복한 에너지는 독자 여러분의 아이디어와 원고 투고를 기다립니다. 책으로 만들기를 원
하는 콘텐츠가 있으신 분은 이메일이나 홈페이지를 통해 간단한 기획서와 기획의도, 연락
처 등을 보내주십시오. 행복한에너지의 문은 언제나 활짝 열려 있습니다.

곁에 두고 싶은 시

정순화 지음

행복한에너지

꿈의 옷을 입다

시집 한 편 내는 게 제게 큰 소원이었죠.
일상생활의 희로애락이 씨실이 되고
주저리주저리 푸념과 다짐과 열정이 날실이 되었지요.

얼마나 기쁜지 며칠 동안 벅차서 서성거렸지요.

세상에 내 이야기가 읽혀서 희망의 씨앗이 되고
'아! 저렇게 느꼈었구나?' 하고 잠시 생각할 수 있으면 좋겠어요.

치열한 삶이어도 한 발씩 뒤로 물러서서 스스로에게 물어보는 삶이
감히 '시'라고 불러보네요.

시집 내기까지 톡톡 뛰는 아이디어와 용기를 준 예쁜 막내딸 지예에게 감사드리며, 꿈의 옷을 입고 나서는 저에게도 스스로 미소를 보냅니다.

精座處(정좌처) 茶半香初(다반향초)
妙用時(묘용시) 水流花開(수류화개)

고요히 앉아서 차를 마시면 차의 향기가 시작인데, 묘하게 차를 음미하면 물이 흐르고 꽃이 핀다네.

인생을 제대로 음미하면서 우리 모두 '물은 흘러서 살아 있어 좋고, 꽃은 피어서 아름다워 좋은' 나날이 되었으면 좋겠어요.

아울러 가나다 편을 '덤'으로 넣으면서 시집을 내는 마음을 가나다……로 하여 지어 올립니다.

가슴 벅차게 다가왔다.
나라는 존재가 세상에 드러나는 이 순간
다소곳이 옷깃 여미어 예쁘게 보여야 할 텐데
라일락 꽃 향기같이 향기로워야 할 텐데
마음 한 구석 부끄러움과 기대가 일어서네.
바다처럼 모든 것을 포용하지는 못해도
사랑하고 또 사랑하는 삶이라고

아낌없이 주지 못해서 늘 미안한 삶이라고

자연 속에서 자유롭게 사는 영혼의 부르짖음이라고

차가운 세상에서도 미소를 띠고

카모마일 차를 마시면서 읽어 볼 수 있는 시라고

타버린 재가 일어나는 불길 같은 열정을 담고

파란 하늘처럼 마음을 시원하게 그려준다고

하하하 부끄럽게 웃어보는 '시'여야 할 텐데······.

꿈의 옷을 입고 달의 아름다운 여운을 기다리며······.

정순화

산뜻한 시 문학의 향연에
– 정순화 시인의 첫 시집을 읽고

이명재(문학평론가, 중앙대 명예교수)

필자는 재작년 봄이던가, 문중 일로 목포에 들렀다가 우연찮게 초면인 정순화 시인을 잠깐 만났었다. 인사 겸 내 책을 한 권 드렸더니 생광스레 반기면서 말씀했었다. 평소 문학을 좋아해서 시를 짓다 보니 주변의 권유로 등단절차도 밟았다고 했다. 하지만 작품은 함부로 보여주지 않는다면서 발표에는 아랑곳 않고 틈틈이 일기장에 써둔다는 것이었다. 기성문단에 무관심한 채 혼자서 습작하고 있다는 태도가 오히려 신선한 친근감으로 다가왔다.

그러다 최근에 뜬금없다 싶게 첫 시집을 상재한다며 간단한 소감이나 격려의 글을 올리면 좋겠다는 메일을 받았다. 해서 마침 동서 유럽 탐방 길에서 여독도 풀리기 전에 새댁 첫선이라도 보듯 정 시인님의 시 작품들 111편을 두루 눈여겨 읽었다. 기대보다는 실망을 줄세라 걱정스러운 마음이 앞서게 마련이었음은 물론이다.

이런 정순화 시인의 첫 시집『곁에 두고 싶은 시』를 편집 원고로 읽으며 속담 몇 가지가 생각났다. '구슬이 서 말이라도 꿰어야 보배'이고 '흙 속에 묻힌 보석'을 발견한 감흥이랄까. 남도의 유달산 끝자락에서 의연하게 소담한 시의 텃밭을 가꾸는 귀인을 만난 느낌이다. 반세기 남짓 문학에 종사해온 필자에게는 반갑기 그지없는 일이다.

알찬 시집 내용 덕분에 필자는 이내 그 걱정을 거두고 기쁘게 작품 세계에 탐닉할 수 있어 다행이었다. 글 나름대로 마치 햇살 좋은 남도의 텃밭에다 정성껏 재배한 과일이며 푸성귀가 싱그러운 계절의 꽃담장 속에 오색 빛깔로 풍성해 보인다. 잘 익어 때깔 좋은 딸기며 오이랑 가지, 강낭콩, 당근, 참외, 토마토, 풋고추, 상추, 쑥갓, 감자, 무화과, 자두, 앵두, 머루, 다래, 석류, 청포도 등. 워낙 초심자적인 처지인지라 더러는 다소 덜 익은 농작물 같은 구석도 없지 않은 대로 발전 가능성을 담보하고 있어 미덥다.

무엇보다 신진 시인다운 감성이나 상상력에다 언어의 산뜻함이며 녹록잖은 접근법과 올바른 접근자세가 긍정적인 신호로 다가든다. 그동안 정성들여서 여러 해 동안 물과 거름을 주며 가꾸고 거두어 이렇게 소담한 시집으로 독자들에게 향연을 베푸는 자리에 함께한 마음이 마냥 흐뭇하다. 앞으로는 목포 텃밭에서 수확한 작물들을 국내외 여러 곳으로 보낼 길이 열려 있다. 따라서 이 향연의 주인공인 정순화 시인의 작품세계에 대한 인상에 곁들여서 격려의 마음을 전한다.

시문학적인 지향세계

정순화 시인의 첫 시집에는 우선 신선한 감수성이 현대적 서정미학을 살리고 있어 잘 읽힌다. 순수하고 풋풋한 동심을 자아내는

「눈 내리면」, 「여름 나라에서」뿐 아니라 영혼을 씻어줄 악기를 연상하는 「달빛 속으로」, 「요정의 마을」 등에서는 문학소녀적인 감성마저 묻어난다. 더구나 음악을 좋아하는 시인은 시편들에다 손수 그린 다채로운 수채화 그림까지 금상첨화로 곁들여서 화사한 기쁨을 북돋는다.

또한 정 시인의 작품들은 치열했거나 단란했던 삶의 애환을 다룬 생활시 성향을 드러내서 공감을 준다. 암 수술 후 죽음의 문턱을 넘나들던 감격을 담은 「살아있음에」, 「내 마음의 보석」, 「병이라는 친구」 등뿐만이 아니다. 1남 2녀의 주부 겸 교육행정직 공무원으로서 살아오면서 겪은 리얼한 현장의 고충을 조용히 담아내고도 있다. 자신의 처우문제를 제기한 「내 머리는 노랗다」, 세월호 문제를 상기시킨 「잠 못 드는 밤에」 등도 포함하고 있다.

이밖에 정 시인의 작품들 속에는 따스한 가족 사랑과 올곧은 철학적 자세기 담겨 있어 신뢰감을 준다. 네 살 적에 어머니를 여읜 자신이기에 남달리 짙은 그리움이며 외로움이 숱한 슬픔과 죽음을 사랑으로 이겨내고 있는가 싶다. 이러구러 만난 지 4반세기를 헤아리는 동갑 남편을 향한 「그대 있음에」, 「물 같은 사랑」, 군에 입대한 아들에 주는 「너에게 부치는 편지」, 두 딸을 위한 「엄마와 딸, 그리고 사랑」 등에 그치지 않는다. 「하늘가 그리운 님」에서는 일찍 떠난 어머니를 향한 애잔한 하소연이 절절하다. 이렇게 자별한 가족사랑은 시인이 전공했던 이론 못지않게 인간주의적인 삶의 철학에 튼실한 뿌리를 내려 범아일여의 완결성을 보여준다.

정순화 시인의 첫 시집 출간을 진심으로 축하드린다. 모름지기 시인은 습작기를 거쳐서 듬직한 작품집을 펴내야 문인으로 대접받게 마련이다. 이제 타고난 재능을 맘껏 펼치며 자신의 문학세계를 가꾸어 나가야 하리라. 혼자서 일기장에다 쓰는 데서 벗어나서 여러 문인들과 겨루고 교류할 단계이다. 아마추어와 프로의식을 함께 지니고 점차 지방과 중앙문단에서 우뚝 설 만큼 진지한 글로 임해 가야 하리라고 본다.

이제 정순화 시인께서는 지명의 나이테에 걸맞은 다음 시집들로 시문학의 수확을 도모할 차례이다. 정년 없는 글은 고독을 달래고 꿈을 이루는 자기구원인 동시에 남의 아픔도 어루만져 즐거움을 주는 힐링의 지름길이기 때문이다. 그리하여 한껏 동심 깃든 작풍으로 독자들에게 다가가 건승한 가운데 대성하길 기대한다. 아울러 독자 여러분도 따스하고 순수한 정 시인과 더불어 마음껏 삶이나 영혼에 걸친 진지한 대화를 자주 나누길 바란다.

2016년 남도의 석류, 무화과 영그는 계절에.

물 흐르고
꽃 피듯이

미황사 **금강스님**

水流花開
물흐르고 꽃피듯이
전통화나의 시집출판을 축하드립니다
2016.6 금강

나의 사계절을
생각하며

ING 생명 명예이사 **유송자**

정순화 선생님!

2016년 MDRT ANNUAL MEETING 참석차 캐나다 밴쿠버의 9일 일정을 마치고 돌아온 밤 11시에 제본이 된 두툼한 두 권의 시집을 택배로 받았습니다.

시차적응도 제대로 안 되어 눈꺼풀은 무거웠지만 인고의 세월을 견디어 내고 나온 선생님의 인생이 고스란히 묻어나온 회고록과 같은 시집이기에 숙연해진 마음으로 시집을 엽니다.

봄, 여름, 가을, 겨울……. 그리고 희로애락이 절절히 묻어나오는 글들에 제 자신의 봄, 여름, 가을, 겨울을 그리고 희로애락을 생각해보고…….

선생님의 말씀처럼 "세월이 흘러 가까운 미래에 지금의 선택과 판단이 후회되지 않도록 신중하고 또 신중하게 결정을 하되 따뜻한 인간애가 있어야 하지 않을까 싶다."

그렇게 살자고 다짐하고 살던 저이기에 선생님의 글들은 절절히 가슴으로 다가옵니다.

선생님께 감사와 사랑을 전하며
따뜻한 가슴으로 안아드리겠습니다.
늘 건강관리 잘하시고 행복하시길 기도합니다…….

축하와 박수
그리고 응원을 보태며

박춘임 시인

먼저 정순화 시인님의 『곁에 두고 싶은 시』 첫 시집 발간을 축하드리며 첫 번째 작품집을 세상에 턱! 하니 내놓기까지 한 작품 한 작품 쓸 때마다 고생도 기쁨도 그뿐이랴 아픔 또한 많았으리라 여겨진다.

귀한 삶을 잘 살아 귀한 삶을 알아낸 정순화 시인!

주는 것이 얼마나 행복한 것인가를 자신의 삶으로 깨달음과 동시에 자신에게 또한 애인을 대하듯 정성을 다하는 정순화 시인의 작품집을 읽는 내내 가슴이 먹먹하기도 하다가 애잔했다가 또다시 안심이 되었다. 또한 사계의 풍광에서 삶의 에너지를 충전하는 정 시인 인생의 노련함도 얻어간다. 절박하게 아파보았기에 돌아볼 수 있는 여유를 노래하고 이제는 한 소절 노래로 읊조리게 된 정 시인, 또한 바람처럼 지나가 버린 듯 떠나간 사람들이 준 그리움을 가슴에 담아두고 그들의 몫까지 감사로 살아가려는 정 시인의 작품은 독자들의 마음을 그냥저냥 지나침 없이 흔들고 지나리라 믿어 의심치 않는다.

시를 쓴다는 것은 가슴에 담기 위한 것, 그리고 가슴을 퍼내기 위한 것이기에 정 시인의 작품을 꼼꼼히 읽어가면서 가슴이 가득해지는가 하면 작품을 읽는 내내 개운함도 느낄 수 있었다. 요즘 세간의 뉴스들이 남의 일이 아니다 할 만큼 사람이 사람에게 상처 주고 사람으로 하여 아파하는 그야말로 예측할 수 없는 사건들 속에서 정 시인의 작품은 뜨끈한 세상의 위로가 될 것이다.

문학은 문학 그 자체로 높은 가치가 충분하기에 정 시인의 후시 딘 연고 같은 아름다운 언어의 빛이 세상을 치유하고 밝게 비추리라 여겨진다. 끝으로 정순화 시인님! 하늘에서보다 사람들 사이에서 더 반짝거리는 문학의 별이 되시기를 기원합니다.

🌸시를 읽다 보니 선생님의 삶이 조금은 보이는 듯합니다. 시집의 제목처럼 모든 사람들에게 '곁에 두고 읽고 싶은 시'가 되기를 빌어봅니다. 서울 지하철 스크린도어에 실어도 좋을 시라는 생각이 듭니다. 이쪽 끝에서 저쪽 끝까지 시를 읽어대는 저를 보고 서울 사람들은 촌놈이라고 속으로 놀리지 않을까요? 그래도 선생님의 시를 서울 지하철 스크린도어에서 만나기를 소망해봅니다. 다시 한 번 첫 시집 발간을 축하드립니다.

– 고흥 도화고 **한경호**

🌸결실을 맺으신 걸 감축 드립니다. 무심결에 클릭 한 번으로 쭉 미소 머금으며 읽어 내리다 「가슴 속에」라는 시를 읽고 감흥이 일어 감사의 말씀을 드립니다.

– 율촌중 **강동호**

🌸그대의 남다른 열정이 때론 버겁고 이해 안 될 때도 있었고, 오랜 기간 근무지역이 엇갈려 서로 마주할 기회가 없었지만 시를 읽노라니 비로소 알게 된 그대의 삶에 경의를 표할 뿐이네. 그대의 시처럼 사랑도 건강도 직장생활도 더욱 여유롭고 풍성해져서 좋은 작

품 마르시 않길 바라면서 시인으로서의 앞으로의 행보가 더 기대된
다네. 교육행정인 정순화 시인의 시집 출간 다시 한 번 축하합니다.

– 남악고 김정희

🌸텃밭 가꾸듯 알뜰살뜰 길러낸 시를 보며 깨끗함에 눈물 고이고,
따뜻함 때문에 주르륵 눈물 흘렸네요. 누구에게나 그렇게 다가갈 수
있는 시의 알갱이로『곁에 두고 싶은 시』들이 사랑 받기를 빕니다.

– 여도초 서란희

🌸모처럼의 여행 중 가이드 북 모서리에 남긴 느낌표들을 언젠가
는 내가 인정해주는 밝은 책상머리 위에 올려놓으리라는 숙명처럼
머나먼 일! 그대가 먼저 깃발을 꽂았구려. 많은 과정과 여정들을 겪
으면서 이뤄낸 정순화 시인의 시집 출간을 보면서 축하드립니다.
이젠 함께하는 기쁨과 감동, 여백이 있는 삶을 살아가면서 '우리'라
는 이야기를 만들어 가시기를 기원합니다.

– 푸른 바다와 하얀 백사장 동무들이 함께하는 신안 섬 사내 김종천

🌸첫 시집 출간을 진심으로 축하드립니다. 시를 읽고 마음 한 켠
이 채워지는 듯한 느낌이 들어 저도 선생님을 따라서 '가~하' 시를
적어보았어요. 정말 힘든 요즘인데, 선생님의 시가 제 마음의 설움

을 씻겨주었답니다. 소중한 시 정말 감사드립니다.

― 목포 옥암초 **연아름**

✻각고의 노력 끝에 완성도 높은 시집을 발간하셨네요. 시 아래 써진 작은 여담이 시중에 발간된 여느 시집과는 다른 느낌이네요. 학생들이 하교하고 난 후 한쪽으로만 빛을 발하는 전등 아래서 후 드득 떨어지는 빗소리와 함께 시를 읽고 있으니 참 편안한 세상의 한 자리에 앉아있는 듯한 느낌이 듭니다. 자신의 소원을 위해 오랜 시간 노력해 오신 정순화 시인님께 존경의 박수를 보내드립니다.

― 구례 청천초 **서강덕**

✻무심코 클릭했는데 다 읽어버렸다. 2013년 함께 근무했던 내게 직접 농사지은 거라고 마늘종을 잘라서 클린 백에 담아서 나눠 준 다. 또 직접 떡을 만들었다고 접시에 내놓는다. 라인 댄스로 저녁이 너무 행복하다고 할 때부터 멋진 색깔을 지닌 여자임을 금방 알 수 있었지만 봄, 여름, 가을, 겨울 그리고 희로애락을 버무려 이렇게 멋 진 작품을 만들어 내다니……. 부럽다. 그리고 정말 축하하고 싶다.

― 진도 고성중 **이미숙**

✻순수함과 화사함이 학 같았고 정감이 넘치면서도 절제된 자태

가 돋보였던 정순화 행정실장님의 시를 받고 보니, '이럴 줄 알았어, 나 진즉!' 석교에서 보여주었던 그림 솜씨와 말 재담 그리고 그런 아픔이 보석이 되어 가슴을 파고드는 글이 되었습니다. 시가 되었습니다. 진정, 시인이 되셨습니다. 축하합니다.

– 나를 잊지 않고 시로 가르침을 주신

정순화 행정실장의 무궁한 발전을 바라는 오룡초 **이갑철**

삶을 관조하는 따스한 눈길. 사람은 사랑하고 사랑받아야 할 마땅한 피조물이라는 거역할 수 없는 손길. 작고 보잘것없지만 주어진 것에 진정 감사하는 마음 길을 엿볼 수 있어서 좋았습니다.

– 청람중 **홍길종**

평상시에는 줄줄 흘러가는 문자들에 별다른 감정을 느끼지 못했지만, 당신의 주옥같은 삶의 이야기에 짜릿한 행복이 전해옵니다. 마치 여덟 살에 돌아가신 아련히 떠오르는 어머니의 젖가슴 내음이 풍겨져 옵니다. 정순화 선생님은 언제나 밝고 명랑한 모습이었지만 당신의 이야기 속에는 가슴이 뜨거워지는 깊은 애환이 담겨있군요. 수고하셨습니다. 인생은 꿈만 있는 것이 아니라, 그 꿈 너머에 또 다른 꿈이 있답니다. 우린 백 년의 터에서 천 년 꿈을 이루는 교육자로서의, 행복전도자로서의 삶을 살아야 되지 않겠습니까? 늘 건강 챙기시고 행복에 복에 겨운 감사의 생활이 되시길 바랍니다.

– 진도초등학교장 **김종환**

✦ 안녕하세요. 제가 행운을 얻었습니다. 저에게 이런 가슴 따뜻한 시로 위로와 감동을 주시다니 너무나 감사할 뿐입니다. 시를 보면서 눈물이 났습니다. 시인의 말씀대로 살아 있음에 감사하게 되었습니다. 앎과 모름은 무의미해집니다. 시집이 나오면 꼭 사서 읽어보도록 하겠습니다.

– 홍농에서 뜻밖의 행운을 잡는 이가 보냄(**윤혜정**)

✦ 왠지 코끝이 찡해진다. 내가 살아가는 것은 내 힘은 너무 적으매 더욱 겸손하고 먼저 줄줄 마음을 다시 한 번 다잡는다. 내주면 혹여 갑절로 돌아오지 않더라도 주는 만큼 행복해지는 비밀을 공유하는 시를 읽게 되어 감사한 마음이다. 우리는 모두 이렇게 마음이 연결되어 있진 않을까……. 너와 내가 건축물의 돌들처럼 하나이지 않을까……. 좋은 시 감사해요. 살아있는 음성을 듣는 것 같아 행복했습니다. 따님의 글도 너무 좋았습니다. 엄마로 살아가며 같이 행복감에 젖어듭니다. 평안하십시오.

– 빛누리초 **최서인**

✦ 한 송이 한 송이 시의 꽃을 피우려는 몸부림이 느껴집니다. 아린 고통을 이기시고 피우신 시의 꽃이 아름답습니다. 시의 행간에 담긴 삶의 깊이가 독자에게 환한 희망으로 다가올 것입니다.

– 2016 유월의 푸르른 날에 광양여자고 교장 **윤영훈**

✻ '곁에 두고 싶은 시'라는 제목은 너무 쉽게 씌었지만 내용은 가슴 속에 묻어 놓은 기억들을 알알이 풀어서 시어를 통해 새겨 놓은 것 같았습니다. 묻어나는 시구 속에서 삶의 농도가 너무 진하여 읽어 내려가다가 시 속에 빨려들어 그만 눈물을 흘리고 말았습니다. '남의 진실된 삶을 이렇게 훔쳐 읽어도 되는가.' 하고 순간 미안한 생각이 들었습니다. 이 시집은 정순화 선생님의 발자취를 시어로 그려 놓은 수채화 같았어요. 시선 따라 그림이 연상되는 놀라운 이야기를 담고 있어요. 특히 힘들게 지내 온 삶을 꾸밈없이 담백하게 그려놓아서 시를 써야 하는 이유가 충분히 이해가 되었네요. 남은 삶도 기록으로 보존하여 많은 사람들에게 '어떻게 살아야 할까?'에 대한 답을 주었으면 좋겠네요.

– 순천 매산고 **황희종**

✻ 정순화 시집은 우리의 일상사日常事를 담담하고 쉬운 언어로 속삭여 준다. 한 여성으로서 서 있는 위치에 따라 엄마의 딸로, 아이들의 엄마로, 가정의 아내로 살며 직장에서는 행정관리자로 제 몫을 다해내며 살아온 일생의 굴곡과 이면에는 말로 다 표현할 수 없는 목소리가 있다. 시인은 가슴속 울림을 평이한 시어로 펼치며 우리를 다독이고 희망의 빛을 향해 함께 걸어가게 하는 에너지를 전달한다.

– 담양 금성중학교장 **유수양**

✿ 삶의 일부로만 생각되는 가족, 사랑, 자연, 영혼과 삶의 이야기를 쉽고 편하게 그러면서도 따뜻한 목소리의 아름다운 언어로 지친 영혼을 어루만져주고 있습니다. 마치 깊은 산사의 편경소리처럼 시간의 한 자락을 사색의 뒤안길로 머무르게 하다 그중 몇 개는 꽃망울을 맺게 해주는 선생님의 마음이 참 곱습니다. 1인 다역의 모습으로 살아온 인고의 시간을 견뎌낸 힘이 선생님의 마음으로 풀어낸 시의 힘이 아닐까 생각해봅니다. 그 힘의 한 귀퉁이에 기대어 저도 이 밤이 깊어지면 묵혀둔 산밭에 언어의 씨앗 한 줌 뿌릴 수도 있을 것 같습니다.

— 학다리고 **구성복**

✿ 貧者의 一燈처럼 주변을 밝히는 계기가 되길……. 먼저 투병생활에서 갓 벗어나 이젠 마음의 평화를 되찾아야 할 시간에 창작에 대한 열망을 버리지 못하고 각고의 세월 속에서 환한 웃음을 머금은 꽃봉오리를 돋아나게 하는 열정Passion! 그 무엇보다 값진 결실이라 여기며 시의 제목처럼 항상 "곁에 두고 싶은 시"로 독자들의 마음속에 두고두고 오래 간직되리라 확신한다. 당송팔대가 유종원이 쓴 『종수곽탁타전』처럼 "나는 나무를 오래 살게 하거나 열매를 많이 열게 할 능력이 없다. 단지 나무의 천성을 따라서 그 본성을 잘 발휘하게 할 뿐이다."라는 말처럼 작가는 철학에 정진하던 학창시절처럼 시적 감각에 본성을 지닌 채 오늘의 삶을 이루었다는 생각이 든다. 왕과 장자들이 부처께 바친 만 개의 화려한 등보다 가난한 여

인의 정성어린 작은 등 한 개가 훨씬 더 잘 타올랐다는 '빈자의 일등'처럼 주변을 더욱 환하게 밝히는 등불이 되어주길 바랄뿐이다.

– 보배의 섬 진도에서 진도실고 교장 주영백

우리 시대 교사가 바쁘고 고단하고 또 어렵고……. 이런 인생 속에서 선생님처럼 맑고 밝게 버텨주시는 분이 있다는 게 자랑스럽습니다. 무더운 여름 낮에 하루살이 무리들 속을 눈살 찌푸리며 휘이휘이 지나오며 힘들었는데 집에 도착하여 맑아지고 밝아진 기분 좋은 느낌! 그런 기분입니다.

– 전남 미용고 이수연

정순회 님의 글 속에는 그림이 보였어요. 시 하나하나가 그림 한 장면, 한 장면으로 바뀌네요. 곧, 그림 한 장면 한 장면은 이야기로 만들어지는군요. 그 이야기 속에 들어가 보니 슬픔과 기쁨이 고통과 위로가 원망과 희망이 그리움과 사랑이 서로서로 손을 잡고 친구가 되어 있네요. 힘들지만 두 손 놓지 말자고, 함께 가자고 하네요. 누군가에게 음악은 영혼의 울림이듯이 이 이야기는 제 영혼을 흔들었어요. 이 세상의 모든 슬픔을 사랑하라는…….

– 여수부영초 조선미

🌸 시를 읽는 중에 「어머니」란 시를 읽고 무척 가슴에 와 닿았습니다. 내게도 돌아가신 엄마는 언제나 버팀목이요, 간절한 소원을 비는 대상입니다. 삶이 힘들고 어려울 때는 더욱 엄마가 보고 싶어지지요. 언제 불러도 그리운 말 '엄마'. 요즘도 날마다 간절하게 엄마를 부릅니다. 이 한 권의 책을 내기 위해 얼마나 많은 시간을 사색을 했을까요. 축하드립니다.

– 차 밭이 아름다운 보성 회천서초 김영애

🌸 첫 시집 출간을 축하드립니다. 아침부터 세차게 내리는 비를 보며 선생님의 좋은 시를 읽고 있는데 착잡한 마음 그지없습니다. 책 발간되면 10권만 구입하겠습니다. 그래서 좋은 선생님들과 학부모들께 선물하겠습니다. 감사합니다. 이 좋은 시를 읽게 되어서…….

– 여수부영초등학교장 박주영

🌸 읽다 보니 스크롤이 더 이상 내려가지 않더군요. 어느새 다 읽어버렸지요. 갑갑하고 텁텁한 일상의 지금 내리는 빗줄기처럼 청량하고 가슴이 메는 기분이었습니다. 감사드리고, 감사드립니다.

– 영흥고 정상운

🌸 항상 꿈을 향해 활기차고 밝게 나아가시는 우리 엄마. 항상 집

에서나 일에서나 멋진 모습을 보이시고 시집을 발간할 때도 어느 때보다 더 열심이신 모습을 보면서 행복합니다. 엄마의 시집 발간을 묵묵히 축하드리며 잘 지내겠습니다. 항상 사랑하고 보고 싶습니다.

— 함평교육지원청 **이지윤**

✽문장력도 빼어나지만 생활을 주제로 한 시이기에 더욱 와 닿았다오. 누구나 이해하기 쉽고 접근하기 좋아, 순화의 따스한 마음 씀씀이가 글 속에 듬뿍 들어 있어 순화와 같이 앉아 찻잔을 나누며 얘기하는 느낌이 들었다오. 앞으로도 좋은 글 많이 쓰고 더 중요한 건 누가 뭐라든지 건강을 악착같이 챙기시도록.

— 수필가, 전 목포 신흥초 교장 **김용원**

✽행복한 순화……. 샘가에 떨어진 감꽃은 행복한 소녀의 꿈을 만듭니다. 시냇물을 따라 흐른 소녀의 감꽃은 섬진강 모래톱에 걸려 한숨을 돌리며 먼 훗날을 새겨봅니다. 소녀는 논둑길을 내달려 쉼 없이 달음박질 시작했고 어느덧 텃밭을 일구는 중년이 되어 지리산 자락 희미한 구례를 비인 밭에 담아 내어봅니다. 소녀의 꿈은 오솔길을 걸어가는 것처럼 소박하지만 수국처럼 풍성한 열정적 삶을 살아가는 지금 나는 참 행복한 순화입니다. 아름다운 순화 마음이 글이 되어 영원히 함께할 수 있어 참 다행입니다.

— 땅끝에서 현담 **김성현**

✿ 따뜻한 감성이 묻어나는 시집이네요. 위암을 이겨내는 희망이라니……. 너무도 정겹게 따뜻하게 다가옵니다. 그만 힘들어해… 세상은 아직 따뜻해… 희망은 어디에나 존재해… 넌 참 아름다워……. 따뜻한 어머니의 토닥토닥 손길처럼 마치 저에게 일러주는 메시지인 것만 같아 눈물이 왈칵 합니다. 선생님의 첫 시집, 아름답게 기억하렵니다. 선생님도 선생님의 시가 누군가에게 위로와 희망이 되었음을 기억해주세요.

– 한울고 **박미옥**

✿ 님도 생에서 생각이 시적이고, 습관이 시적이며, 행동 즉 움직임이 시적이네요. 삶이 모두 시에 절어 시인의 눈과 귀와 생각을 통해 수박씨를 뱉듯 뱉어낸 시들에서 잔잔한 생활에서의 정감을 솔직하고 담백하게 담아낸 부담 없는 모양의 시들을 발견했습니다. 정순화 님, 첫 시집 출간을 축하드립니다. **정**말로 / **순**수한 시들이 / **화**사하게 빛을 보는 날이 곧 오길 기대합니다.

– 여안초등학교장 **조숙진**

엄마에게 바친다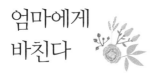

이지예

순화야

너를 이렇게 불러보는 건 처음이네

엄마라는 이름으로 수없이 불리던 그 많던 날들

그 이름 안에 들어있던 사랑

그래서 엄마라 불렀나 보다

너를 만나서 참 좋다

솜사탕같이 뽀송뽀송하네

이 말을 듣고 나는 무럭무럭 자란다

사랑하는 사람에게 사랑을 듣는 건 참 좋은 일

부지런히 몸을 움직여

밭을 일구고 우리를 일구고

마음을 일구고 그제서야 자신을 일구고

드디어 꿈을 일구고

지구 반대편에서 우리를 기다리고 있는 우유니 소금사막에게

이 시를 읊어주기를

우리 엄마가

목\차

/ Part 1 /

곁에 두고 싶은

/ Part 3 /

자연에 기대어

/ Part 1 /

곁에

두고 싶은

살아있음에

어둡고 긴 터널을 지나
이 세상과 마주앉아
오순도순 기쁘고 슬프고 괴로운 이야길랑
하루에도 오락가락하는 인생의 그네에서
그렇게 살아온 것을 돌아볼 수 있는 것은
그대 살아있음에

가파른 언덕을 지나
넓은 평지에 피어난 꽃들의 그리움에
구슬땀 흘리면서 더욱 기뻐하여 하늘을 닿는 것도
그대 살아있음에

그대 살아있음에
세상의 귀퉁이에
한순간의 그림
한 조각의 음악
한 바탕의 이야기
이 모든 것이 가슴 연연하게 눈물 나도록
그립고 귀하고도 행복한 것을…….

새로운 인생

암수술 할 때에도 죽을 수 있다는 생각을 한 적이 없었지만
수술 후에 정말 이 세상이 공짜로 주어진 것처럼 생각되고
눈물겹도록 살아있음에 얼마나 고마웠는지 모른다.
살아있다는 것을 정말 감사하고 또 감사하면,
이 세상이 정말 아름답게 보이고
나와 연관이 없다고 하더라도 신기한 눈으로 보게 되니
덤이 더 큰 새로운 인생을 사는 것이지 않는가?

사노라면

사노라면

온통 기쁜 일보다는 슬픔 속에 잠깐

삐져 올라오는 기쁨이기에 더욱 값지고

온통 즐거움보다는 괴로움이 가슴을 베어놓고

올라온 자리에서 나오는 즐거움이기에 더욱 아름답고

사노라면

온 손에 불끈 쥐고 대들다가 손 놓고 있다 보면

오히려 가깝게 다가오는 행운의 기회인가

가시덤불 속을 헤어 나오지 못해도

눈을 감고 있으면 호수처럼 마음이 시원해진 것은

다 내 탓이로소이다 하는 빈 마음 때문이리라.

놓으면 다잡고

내주면 갑절로 돌아오는 기쁨이

더욱더 소중한 것은

우리들의 사랑 때문이리라.

그런가 보다

사는 것이 그런가 보다. 다 쥐어도 만족할 수 없지만

주면, 사랑하면 작은 것이어도 정말 소중하고 행복한 것을.

그래서 인생에 속은 것 같으면서도

세월 속에서 정말 웃을 때도 있을 것을.

내 생각 적어보기

살아있다면

아직도 문 밖에 나서면
깨끗하게 반질거리는 차를 대기해놓고
머슥 웃음을 지으신 당신이 생각납니다.
아무런 보상도 없었지만
같은 직장상사라고 그랬을까요?
매일 출퇴근 해주신 당신께서는
늘 하늘같은 웃음과 흥얼거리는 노래를 잊지 않았습니다.

재주는 어찌 많으신지
이것저것 당신의 손에서는
새롭고 반듯한 물건들이 많이도 태어났습니다.

직장을 떠나는 날에도 가지 못하고
나는 나대로 살고 있었는데
병원에 수술하고 오셨다고 하면서
횅해진 얼굴로 나를 보러 오셨더군요.
반가운 마음에 몇 마디 주고받았지만
바쁜 일정에 그냥 보내고 말았습니다.
그런데 이것이 마지막인 줄 어찌 알았습니까?

당신의 아들로부터 뜻밖의 이야기에 놀라
가슴이 떨어져 나간 것 같았습니다.

이제 볼 수 없지만
당신이 살아 있다면
이젠 내가 모시고
이곳저곳을 보여드리고 싶습니다.
환한 웃음을 짓고 흥얼거리는 노래를 부르면서 말입니다.
아니 살아있는 동안 미소 지으면서
행복한 미소로 살아보렵니다.
내내 평안한 미소로 지내시기를 기원합니다.

살다 보면

같이 있었던 사람들이 하나 둘 떠나고
그 사람의 웃음과
미소가
자취가
흔적이 문득 내 마음에 파고들 때면
좀 더 잘 해주지 못하는 것과 같이 많이 할 수 있는 것처럼
착각하고 살았던 것이 후회로 다가온다.
직장 동료로 보낸 사람이 잠깐의 만남으로 끝이었다는 것이
늘 그 너털웃음과 함께 아쉬움으로 남는다.

어머니

어머니!

당신은 내게 잡히지 않는 구름 같습니다.

이른 봄에 피어보지 못하고

밤빛 짙은 고목같이 이 세상을 등졌으니

당신의 그 마음이야 가슴이 붉어지도록

저리고 찢어지는 것을 왜 모르겠나이까?

살아서는 다시는 뵐 수 없는 당신을

다정한 어깨인 양 포근히 느끼는 때는

내 간절한 소원이 들어와

순화야!

이제 일어나렴.

먼동이 터오고 있단다.

순화야!

이제 일어나야지!

이제 일어나야지!

내겐

돌아가신 어머니는

내가 힘들고 외로울 때에는

내 곁에서 계셔서 나에게 힘을 주고 있다.

그 보고 싶은 마음이야 뒤로하고라도.

내 생각 적어보기

이야기꽃

한 번은 뵙고 싶습니다.

꼭 한 번은 뵙고 싶습니다.

있는 재주 없는 지혜 귀동냥하여

당신이 좋아하는 것 물어가며

들뜬 마음 한 손으로 지그시 누르고

제발 예쁘고 맛있는 음식 되어 달라고

한마음으로 이루어

당신과 오순도순 이야기 나누며

이것 드셔보셔요. 저것 드셔보셔요. 권해도 보고

젊은 나이에 세상을 뜬 것처럼

내게 오신다면 당신은 내게 늦은 동생이 될 것이고

저 세상에서 이 세상처럼 늙어진다면

나이 든 모습이 되어 나타날까요.

하면 업어주고 얼굴을 비벼볼까요.

가늠할 수 없는 당신의 포근함을

단 한 번이라도 느낄 수 있었으면

꿈속에서라도 뵐 수 있었으면…….

끈적끈적 사탕물 손에 묻어나듯이
당신에 대한 나의 포물선은 커다랗게
그려지고 말없는 진동으로 가슴을 부어넣습니다.

그렇게 할 수만 있다면
우리는 저마다
자기가 가슴 한구석이 시리도록 원하는 것이 있기도 하지만
그게 마음대로 되면 좋겠지만 간절한 만큼 되지는 않는 것 같다.
그렇다고 잊혀지는 것이 아니고 더욱 절실하게 다가온다.

작은 요정

내 안의 그 무엇이 그렇게 만들었는지
마음으로 늘 기도하기를
건강하고 늘 행복하기를 바랐던 대로
나의 작은 요정은
늘
나의 천사
나의 희망
나의 기쁨으로 다가오네.

밝은 웃음 지으며
내 사랑하는 연인처럼
늘 안아주라고 다가오고
늘 뽀뽀해주라고 입을 내미는
나의 사랑스런 아이
지혜를 가지고
늘 연구하고 행복해하는 나의 아이

내 안의 그 무엇이 그렇게 만들었는지
마음으로 늘 기도하기를

형제애와 세상에 좋은 일을 하기 바라는 대로
이 세상에 외교관이 된다는 나의 아이

아이의 꿈처럼
외교관이 아니어도
지금의 나에게 기쁨이듯이
지금의 나에게 행복이듯이

머지않은 후일에도
나에게 기쁨이고
나에게 행복으로 다가오는
빛이 시작됨을
태양이 날마다 솟듯이
난 그렇게 됨을 알고 있네.

톡톡 튀는 아이여서
사는 것이 힘들어도
어린 자녀들은 기쁨과 동시에 기대를 하게 한다.
어떻게 변화하고 커 가는지 정말 궁금하고 사랑스럽다.

한 해를 보내며

창문 사이로 흩어져 내리는 눈을 보면서
비발디의 사계를 들으면서
올해를 정리해본다.
좋은 일, 슬픈 일
아픈 일, 기쁜 일
아쉬운 일, 보람찬 일
지난 일들은 가끔 한 번씩 들춰보는 사진첩 속으로 사라지고

새로운 마음으로 새해를 맞이하자.
맑고 웃음 가득한 세상을 위하여
내 사는 것이 여기 있음에
힘찬 발걸음으로 한발 한발 나아가자.
노옹의 지혜와 젊음의 기개를 가지고

매듭의 날을 실천해 보니

마무리를 서투르게 하더라도

마무리하는 것을 달의 마지막에 하고 보니

시간에 대한 개념도 진지해지고 나아진 것은 사실이다.

작심삼일이어도 계속적인 반복과 즐거움을 가진다면

분명 인생은 언제인지 모르게 많이 달라져 있을 것이다.

내 생각 적어보기

웃음소리

시냇물 흐르는 냇가의 풍류처럼

맑고 청아한 미소를 내민 그 소리

까르륵 까르륵 순결한 솜구름처럼

하늘 가득 피어오르는 나무 사이에

웃음은 하나둘 걸려 있고

맛있는 향기가 가득 풍기는

손에 잡힐 듯이 안기는

그리움을 펼치는 그대의 웃음소리는

하늘거리는 이 대지에 공기처럼 펼쳐 있다.

귓가에 기억되는 웃음

웃음 모양만 지어도 뇌가 웃는다고 생각한다고 하니

시늉이라도 내다 보면 정말 그렇게 웃게 되고

그러다 보면 행복한 느낌을 준다.

웃음소리는 긴장을 풀게 하고 뭔가 좋은 일이 있는 것처럼

다가가서 듣고 싶어 하는 요술 같은 마력을 지닌다.

점점 잃어가는 웃음소리를 일부러라도 지어봐야지.

그래야 해맑은 우리 아이들과 가까워지지 않을까 싶다.

내 생각 적어보기

추석

나의 부뚜막처럼 따뜻한 오후같이

오순도순 이야기를 피우고

가진 것 없어도 풍성한 것 같은

진한 그리움 너머로

토실토실한 밤송이를 까서

그리운 옛 이야기로 뭉게뭉게 피우며

살았던 그 추억을 한 소쿠리 담고

모여 앉은 다정한 웃음이 모아진다.

사나흘은 벌써 지나갈까

기다림은 좋게 개어 보내려고…….

토란토란 알토란 같이

퉁퉁한 손가락 사이로 아이들 기다림이 부서졌다.

이것저것 챙기는 이 몫 저 몫 사이로

달은 휘영청 밝은 미소로

내 가슴에 들어왔다.

한가위 같아라

다른 사람을 대접을 한다는 것은 즐거운 일이다.

머리 무겁게 생각하면 할수록 내 자신이 손해라고 생각했던 것 같다.

뭔가 주면서 받는 이들의 기쁨을

미리 내가 기뻐하는 그런 마음이기에 행복한 추석이었던 것 같다.

줄 수 있는 그런 위치에 있다는 것이 얼마나 좋은지.

비움으로써 풍성해진다는 것을 새삼스럽게 배운다.

내 생각 적어보기

조용한 소리

들리지 않는 소리가 다가온다.
미처 몰랐던 그 형체가 들린다,
가볍지 않은, 무겁지도 않은
사물들의 유영이 투영되어
내게 다가온다.
그림자 없이 그 전에 있었는데
왜 이제야 다가왔니?
왜 이제야 내게 보이는 거니?
처음과 끝이 하나 되어
또 처음과 끝이 하나 되어
들리지 않는 소리가 보입니다.
들리지 않는 소리가 느껴집니다.

그리고 나서

삶에 충실하게 산다고 시간이 흐른 줄 모르고 있다가,

문득 혼자라고 느꼈을 때,

처음의 고독은 외로움이고 쓸쓸함이라면

지금의 혼자는 아늑함이고 평화롭고 사색의 문이 열리는 것 같다.

그 공기들을 마신지도 모르게 사는 인생이고

느낀지도 모르게 느끼는 것 그 자체만이라도

행복한 생 자체가 아닐는지!

내 생각 적어보기

'병(病)'이라는 친구

아주 오래전부터
친구라고 부르기에는 너무 미운
그래서 멀리하고 싶은 그런 친구

가까이 하면 그동안 가졌던 것도
다 내려놓게 하고 맑은 웃음도 앗아가 버린
가까이 하고 싶지 않은 친구

나이가 들수록 점점 더
나를 떠나지 않고 지겹도록
떠나지 않고 더 의기양양한 친구

그래 멀리 보내고
활기차게 휘파람 불다가도
찬바람 찬비에도 어김없이
잊지 않고 찾아주는 친구

나이 들수록 그 친구가
떠나지 않으매

날 덜 사랑하고

날 덜 예뻐해 주었으면 좋으련만

삶이 내게 빛처럼

생생하게 살아있을 때보다 시들어져 아파있을 때

삶에 대한 애착과 살아 있음을 처절히 느낀다.

삶의 본질은 강한 자극으로부터 더욱 느껴지고

밖으로 몸을 드러내 내면의 자아와 대화를 하게 한 것 같다.

감사합니다

오늘 하루 그 누가 그리워하던 날인가
고민하며 엄마! 엄마!
성장통을 슬기롭게 헤쳐 가는
내 사랑하는 사랑의 자식들을 볼 수 있으니
정말 감사합니다.

고통 없이 호흡하고
푸릇푸릇 솟아나는 새싹들의 힘찬 전진
그 잎마저 저버려 가슴을 후벼들던 마른 잎새의 가슴 아픔마저
느낄 수 있어 정말 감사합니다.

하루하루 감사하다는 그 말을 생각하니
더더욱 감사한 일만 있는 것 같아
감사합니다.
벌써 등골이 아파와도 감사합니다.
벌써 등골이 아파오는 것은 내일이 얼마 남지 않는 것이니

존귀함이여!

부지런함이여!

내게 오라

하루하루가 감사해도 그칠 줄 모르니

샐리의 법칙

잘못된 가능성이 있는 것이 잘못되는 것이 머피의 법칙이고

실수도 이상하게 계속적으로 좋은 결과가 되는 것이

샐리의 법칙이라고 하던가!

감사의 생각을 하고 사랑하는 가족들을 쳐다보니

무엇인들 다 좋게 보이는 것 같다.

고생이라고 생각하고 살면 얼마나 힘들고 고달프겠는가?

내가 하는 일이 즐겁고 그렇게 할 수 있는 그 자리,

그 시간이 있다는 것을 고맙게 생각하니

마음 끝까지 감사하고 감사하다.

지금 이 순간

내 가을을 심어놨더니
쭉정이만 가득하여
가을걷이를 못하겠네.
바쁘다 바쁘다 하여
목 놓아 울어보니
쉰 목소리에 하늘이 노랗네.
새로이 담을 그릇은
지천인데
밑 빠진 독마냥
허하네.

그런가 보다

경고를 맞고 좌천되니 힘이 없어지고

눈물이 바람만 불어도 터지니

어느 순간 이 같은 감정의 지옥에서 벗어날까 싶지만

그래도 감정은 언제인가 싶게 또 다르게 전개된다.

달빛정원에 있는 꽃들과 블록 사이에 온갖 힘을 쏟고 올라오는

그들의 힘에서 내가 용기를 얻어야지.

내 생각 적어보기

송지야(松늡也)

– 나의 비약적인 발전을 위한 또 다른 곳 –

송지야 너는 내가 얼마나 그리웠으면

그리도 나를 불렀을까

이런저런 핑계로 너를 보지 않으려고 했던

어리석은 마음에 큰 눈물과 서러움으로

용을 쓰듯이 힘들어한 한 달 동안 정말

가슴 아프고도 잠 못 이루었었다.

처음부터 그저 널 보는 것으로

차분히 내면을 다지는 시간이라고 치부해버렸으면

이다지도 마음 아프지 않았을 거야

한 가지로도 못해 두 번이나 내 비참함에

지금까지 울음보다 더 많았고

앞으로는 이런 눈물은 다시 없을 거야.

오직 내 좋은 사람들이 떠나갈 때만 울 거야

송지야 너는 내가 얼마나 보고팠으면

이 비 오는 길에 나를 불러 보았니.

넓은 운동장에 깔끔하고 좋은 시설

밝은 웃음의 직원들

최신식의 원룸형 연립관사
밝은 아이들의 인사와 멋있는 소나무
처음부터 너를 만나서
내 마음을 부쳐보려고 했다면
너를 보는데 이렇게 힘들지 않았을 거야
이제 너를 만나서 내가 얼마나 성장하는지
너도 놀라고 나도 놀라는 그런 날을 만들 거야
우리 그렇게 해보자꾸나.

그래 인정해야 하겠지

남편이 하는 마트에서 잠깐 판매를 하면서
육안으로 봤을 때 성인이라고 하여 술을 판매했는데
그들이 고성방가를 하여 신고가 들어왔는데
경찰이 신분 확인하여 보니 미성년자임을 알았다.
미성년자가 술을 먹었으니
술을 팔았던 결과로 벌금 100만 원에다가
공무원 신분인 관계로 목포에서 하급지로 해남을 전보 받았고,
거기에서 가장 먼 땅 끝 송지로 인사이동을 하였던
나를 괴롭힌 사건이다.

그날
– 자축 그리고 미소–

9월의 꽃을 6월에 주었네.

우진의 아이일 거야

끊어질 듯 이어져

우리들의 미소가 되어 준 그 날들

열 달의 기다림은

국화 옆에서 내 누님보다

더 큰 기쁨으로 가득한

새어머니의 첫 아들로 거룩하게 다가왔네.

9월의 꽃을 6월에 주었네.

유월의 수국水菊처럼

그 환하고 가득한 미소로

손에 손잡고 태어난 그날들

수많은 잔과 잔이 자축으로 부딪쳐

마시지 않아도 빨갛게 온몸으로 피어오르는

붉은 포말의 배부른 두드림처럼

우리들의 예쁜 자랑이 되었다네.

시를 쓴 배경

2014년 9월에 김우진 실장이

나의 배구 동아리 제안에 기꺼이 응해 주었고,

어렵게 이어져 오다가 메르스의 악영향으로 다소 고충이 있었지만,

정말 열 달이 지나 2015년 6월 9일과 16일에

수많은 조합원들이 뭉친 결과에 대하여

기쁜 마음을 나름 적어 보았다.

많은 축하와 격려에 깊은 감사를 드리면서

어쨌든 자축할 정도로 성공한 '지부장 배 배구 리그전'이

전체의 기쁨이어서 모든 조합원에게 기쁨을 전했던 글이다.

그래 바로 너야

그래 바로 너야
내가 그토록 찾았던
엄마 같은 포근한
구슬픈 미소를 안고 있는
그래 바로 너야

나의 마음을 어루만져주는
온 선율이 어깨에서
온 몸으로 퍼져 나와 너를
내 안으로 움켜지는 하늘이야

꼭 사람이더냐?

나를 안아주고
나를 반겨주고
언제나 흥겨운 소리로
반겨주는 너는
따스한 님 같은
그리움이어라.

공감. 또 하나 친구

음악은 내게 들려지기도 하고

내가 틀어서 스며들기도 하지만

음악이 이 세상에서 없었다면 어떠했을까?

아마 숨 쉬고 있어 공기의 고마움을 모르다가도

막상 숨 쉬기 곤란할 경우에는 여지없이 그 존재의 절실함을 느끼듯

내게 음악은 애인이고,

평생 변함없이 가까이 사랑하기에 너무나 좋은

친구 이상임에 틀림없다.

내 생각 적어보기

잠 못 드는 밤에

– 세월호 참사를 생각하며 –

뒤척이는 밤에

나는 또 헤맨다.

빛에 반사되어 돌아오는 여명이 벌써인가

새삼스럽게 난

지난 일들이 후회스럽다.

기적 같은 삶은 없는 것 같다.

세월호를 보면서

인생은 너무도 값어치 없는 것으로 인해

소중한 피가 너무도 흐르는구나.

며칠 새 온갖 괴로움에 이 세상이

침울해지고 의욕상실에 길을 잃어버리는 것은

그 악마 같은 선장과 선장 같은 거짓된 행동 때문이다.

무엇을 더 생각하리.

고귀한 희생에 걸맞지 않은 그 어처구니

세상이 이리도 나를 무너뜨리는가.

칠흑 같은 어둠이 이 세상을 덮치고

있으매 난

더 어둠으로 맞서야 하는가.

착한 그 아름다움이 무참히도 쓰러져가고

난 분노할 힘도 이미 상실해버리고 길을 헤매고 있다.

안으로 물어볼 것인가

밖은 너무 무섭다.

꽃답고 푸른 인생이 무참히 짓밟히는 것이

내 가슴 멍드는 저 끝까지 아픔뿐이니

언제 이 고통에서 벗어날 것인가

희망을 꺾어 버린 그 못된 손목을 크게 쳐 내려라

더 이상의 말도 못 하게

천 년의 동굴로 메아리도 없이 눌러버려라

NEW FOUND JOY
– 희망은 언제나 위기를 이긴다–

근육 하나 하나 힘줄이 솟아오른다.
풀어진 감정도 한 줄 한 줄 모이고
가지런한 논두렁이처럼 꿈이 꿈틀거린다.

잿빛 어둠에도 빛이 피어오르고
어지럽던 지난날들은 차곡차곡 정리되어 사라진다.
새로운 도전의 시작!
끝과 시작이 동시에 나타나는 그곳
업그레이드된 출발점은
보이는 끝을 확인해야 더욱더 분명한 것
멈출 수 없는 그 길을 걸어간다.
발 아래 꽃과 같은 내 영혼을 간직한 채

음악은 영혼의 울림이다

NEW FOUND JOY라는 음악을 듣고 연상되는 생각을 그려보았다.

강한 발걸음으로 스스럼없이 달려가는 현대인들의 모습에서

난 무언가 말을 못한 어려움도 있지만,

미래는 지금의 나에 의해 밝게 되리라는 믿음이 보였다.

정말 매력 있는 음악이어서 자주 들어본다.

내 생각 적어보기

아리랑 아리랑

저 너머 언제 가나 갈 길도 먼데
붙잡은 내 청춘 꿈같은 희망 노래에
거북등 되어 꼬부라졌다네.
무거운 짐 내려놓으면 그만인데
손끝이 굵어 부어터지도록
다리 끝이 열이 나도록 아리랑 아리랑

대나무 숲길 가에 뽀르르 새싹 트네.
저녁놀 앞바다 널따란 희망 노래에
가벼운 휘파람 휘저어 부른다네.
한번 웃으면 그만인데
머리끝이 쥐나도록
가슴속에 불이 나도록 아리랑 아리랑

살다 보면

어렸을 때 푸념 섞인 노래가 정말 듣기 싫었는데

뜻대로 되지 않을 때나 가여운 인생을 엿볼 때에는

그 푸념 섞인 노래가 마음을 어루만져주니,

나이 드신 어른들이 왜 편안하게 불렀는지 이해가 된다.

아리아리 쓰리쓰리 아라리요 아리아리 고개로 넘어간다…….

내 생각 적어보기

내 머리는 노랗다

내 머리는 노랗다.
근심걱정이 돋아나듯
근심걱정 한 줌이 불끈 올라온다.
진심어린 달리기도
흘러가는 물에는 힘겨운 저항일 뿐이다.
자부심도 이젠 거추장스런 낡은 훈장으로 남았다.
가만히 와서 칭찬을 해 주더니
이제 옷에 먹칠까지 한다.

내 머리는 노랗다
검정머리가 어디로 가버렸는지
내 머리는 노랗다.

살수록 알 수 없는 것이 인생인가?

공상공무원으로서 국가유공자가 된 지 5년이 넘었는데
올해 이명박 정권의 정권차원에서 직권 심사하여
일방적으로 국가유공자를 취소하였다.
행정심판을 하여도 기각을 당했다.
행정소송을 해야 하는데 마음이 너무 갑갑하다.
언론매체에서 떠드는 그런 부당한 행위는 없었는데,
이제 와서 국가유공자에서 밀어내어 버리니
고등학교 3학년 자녀를 둔 나로서는 너무 난감하다.
그리고 너무 억울하다는 생각까지 든다.
5년 동안 무료로 병원에 다닌 것으로
그나마 감사하다고 해야 하는지 모르겠다.
그래서 그런 심정으로 쓴 것이다.

내 생각 적어보기

너에게 부치는 편지

잊지 마라. 지금의 현실을

기뻐하라. 생의 한가운데 있음을

감사하라. 오늘이 있음을

당당하라. 내가 제일 자랑스러움을

늘 새롭게 변화해라. 나비가 비상하듯이

어제도 꽃은 피고 지고

오늘도 잎은 지고 자란다.

지금 이 순간 가장 나를 어루만져주고

그 누군가의 희망 존재임을

노래하라. 길을 걷는 오늘을

숨 쉬고 길을 걷는 오늘을

그때는
군에 가는 아들이
긍정적으로 변화해가기를 바라면서 보낸 편지를 옮겨놓은 것이다.
마음 졸이며 군에 가기 전까지 힘들었던 과정이 있었고,
군에서는 일생에 더 이상 들을 수 없을 만큼
"사랑합니다, 어머니."라는 봄비 같은 말을 들었던 시간들이
어제의 일처럼 떠오른다.

내 생각 적어보기

신세계 교향곡

빨대로 흡입하듯이
그렇게 음악을 마셨다.
시원하게 폐부를 뚫고
포말이 번지듯이
파랗게 가슴을 물들이며 들썩였다.
10년 만에 온몸이 흠뻑 적시도록
한 개울 한 개울 건너고
덤벙덤벙 돌덩어리를 밟고 지나고

시냇물이 흐르네.
아라비안나이트의 3명의 왕자의
망원경, 돗자리, 약이 공주를 구하듯이
가슴 깊이 죽어있는 영혼을 깨워라.
그렇게 영혼을 깨워라.

드뷔시님을 만날까

음악은 내게 반려자와는 또 다른 반려자이다.

늘 내 곁에서 나를 어루만져주고 나를 인식하게 해주고,

힘을 주고, 슬픔을 잠기게 하고…….

내 인생에 있어서 음악은

언제나 제일 먼저 다가오는 사랑하는 그대이다.

드뷔시의 신세계 교향곡도 나의 영혼 속으로 들어오니

정말 드뷔시님을 만나는 것일까?

내 생각 적어보기

달빛에 서다

왜소한 기대 심리가 불을 지핀다.
언덕은 왜 이리 넓은지
가느다란 희망의 끈도 물에 잠겨버렸다.
하얀 어두움이 쏟아내는 고통은
비웃음으로 내동이 쳐
한 걸음 한 걸음 비탈길에 서다.

절망의 끝에 서서

사는 것이 얼마나 힘든지
한숨도 제대로 못 자고 헤매일 때에는
오히려 벗어나려는 것만큼 더 부메랑이 되어
가슴을 쥐어짜는 것 같다.
그럴 때에는 오히려
힘을 빼고 멍 때리듯이 그렇게 나를 풀어주면
뭔가 탈출구는 아니어도 변화는 있는 것 같다.

내 생각 적어보기

나의 그 무엇이

그토록 열망한 무엇이 나를 여기까지 오게 하는가?

세상이 어지러워 이리저리 흔들려 그 존재감마저 잃고 살아온 지 얼마인지?

묵묵한 저항도 아니고 풀어 제친 앞섶마저 뽑히지 못한 풀만 무성하여도

그러려니 하며 숨을 죽이며 살고 있는 내가 그 무엇이 나를 보았는가?

가다가 다시 오느니 가지 말라고 하는 그 누구도 없고

나 혼자서 밤 속에 저 길이 얼마나 되는지 짐작을 해보고

또 짚어본다.

되뇌어 본다.

무엇이 이제야 그리움처럼 열망으로 끓게 만드는지!

남들이 보는 암 투병도 그저 나를 어루만지듯이

그래 너 아프니 그렇지만 조금만 참아

이렇게 눈물을 참고 기다리는지?

그 무엇이 나를 이토록 가슴 떨게 하는지?

알다가도 모르는 인생

저기만 가면 닿을 것 같은 인생의 목표점이

어느 순간에는 보이지 않고

내가 왜 이렇게 살고 있는지 까닭 없이 허무하게 느껴지면서도

"그래, 하루하루 정말 열심히 사는 거야." 하면서

인생을 정말로 알 것 같아도 정말 알 수 없는 오묘한 것인지

밤새 물어봐도 확연히 드러나는 것은 없다.

오직 지금 고민하고 괴로워하는 나 자신만이 분명한 것을……

내 생각 적어보기

Part 2

사랑하며 살고

가을에 이는 바람처럼

가을에 이는 바람처럼
그대 따스한 빛으로 다가와
온 밤 속을 뒤척이게 하네.
하늘빛 같은 설렘이
또 하나의 의미로 다가오는 것은
내겐 크나큰 아픔과 두려움.

그대의 손길이 나를 뒤흔들어
하루에도 숨 막힐 듯 숨소리 가다듬어
그대의 품속으로 뛰어들고
어린애처럼 숨고 싶은 것은
이루어질 수 없는 내 아픔.

흔들거리는 촛불의 가장자리의 소원처럼
다독 다독거리며 침잠 속으로.
더 이상의 아픔도 느끼지도 않고
여유와 지혜를 가지고
웃음을 지으면서 이 아픔이 지나가도록
기도하면서 하루하루를 날려 보낸다.

그래서

사랑할 수밖에 없는 사람을 사랑할 수 없다는 것은

때마다 찾아오는 끼니를 거부해야 하는 것과 같이

마음을 미어지게 한다.

그런 사랑이 다가와

다시는 가슴앓이를 하고 싶지 않다는 두려움에 가슴 떨고 있다.

그대 있음에

그대 있음에
내가 숨 쉬며 행복해하고

그대 있음에
오늘이 있다는 소중함을 알고
내일을 기약해보며

그대 있음에
하루가 어떻게 시작하고 끝나는지
행복을 저울질해보며
기뻐하는 마음이 커져 가고

그대 있음에
멀리서라도 같이 있다는 그 느낌에
가슴에 희망과 아픔을 딛고
저문 하룻길도 소중하게 다가오네.

그래서
사랑하는 사람이 멀지 않은 곳에 있어
그로 인한 하루하루의 삶이 생기 있고
행복함에 젖어있다는 마음을 표현하여 보았다.

내 생각 적어보기

그 멀리서라도

하늘가 그 어디에서도
조그마한 연못가에 오두막집을 짓고 살더라도
그리운 이가 건강하게 삶을 영위하고 살고 있다면
그리움으로 실타래를 엮어서 마음의 버선발로
날마다 달에 비치는 그림자처럼
그리운 이의 마음에 비치는 빛이 될 것을…….

그 어디에도 자취를 알 수 없는
나의 임은
아늑한 구름보다 더 멀리
요원의 불길도 없이 늘 그렇게 그리움만
가슴을 풀어 헤쳐 남기고는
그 어느 누구의 입에서 들려오는 소리에
그랬었구나 하고 밤새 내 그리움만 주는…….

나의 어머니!

그대의 손길이 그렇게 아름답고 좋으셨다고요?

그저 말소리만 들어도 가슴 뜨거운 그리움에

늘 몸서리치면서

그 멀리서라도

그렇게 살아계셨더라면

바람소리라도 숨소리를 들을 수 있을 텐데…….

그리하여

보고 싶은 사람을 볼 수 없다는 것이 얼마나 고통스러운 것인지,

멀리라도 계신다면 그나마 위안이 될 텐데.

일찍 돌아가신 어머니의 삶을 생각해보면 그저 눈물만 나온다.

그리워하며

오랜만에 어린 기억 속으로
찾아가듯이 그렇게 살아가고 싶습니다.

잠깐 멈추고 이 자리에서
그리운 이를 보고 행복한 시간을 나누고 싶습니다.

날마다 행복할 수는 없어도
행복을 꿈꾸는 그런 희망을 노래하며 살고 싶습니다.

그리우면서도 그립다는 말은 못해도
사랑해도 사랑한다고 말할 수 없어도
그 느낌 간직하면서 바라보는 그런 삶이고 싶습니다.

그대 살아 있음에
그리워하고 애잔한 마음을 꿈꿀 수 있으니
그대 오래도록 그 자리에 서 있어 주셔요.
내 마음의 노래가 그대에게 미치지는 못하더라도
내 마음의 아픈 행복은 끝없이 이어질 테니까요.

그래서

사랑을 하는 진실이 뭔지 모르지만

적어도 멀리서 그 사람이 살고 있다는 것만으로

가슴 아프지만 삶의 위안이 된다.

그 사람이 멀리서나마 있다는 것이

내 지난 사랑에 대한 발자취여서 그런 것일까…….

내 생각 적어보기

내게 그대는……

그냥 가까이 있어도

늘 채울 수 없는 공기처럼

하루를 지나면 허전한 마음으로

내 마음을 횅하게 지나가는 것은

따뜻한 살 냄새 진한 그리움

그냥 가까이 있어도

말할 수 없는 그리움으로

늘 또 다른 나를 일깨우며

미소를 뒤로 하고

넉넉한 마음의 뒤안길에 노을이 되는 그리움

한 생각

그 사람이 내가 생각하는 것만큼은 나를 사랑하는지

내가 그리워하는 것만큼 그 사람도 그러는지

늘 궁금하고 목마름처럼 사랑은 그렇게 갈증인가 보다.

내 생각 적어보기

나의 사랑이여

하늘에서 떨어지는 수만 개의 별들처럼
내 눈에 아름다운 세상의 풍경을 담아내고

가뭄 끝에 불어오는 비를 몰고 오는 바람처럼
내 마음에 하얀 풍차로 바람을 일어내고

세상에 더 힘센 사람도 없는 헤라클레스처럼
이 세상의 모든 것을 가진 양 행복의 미소를 주고

나의 사랑이여
그대는 늘
내 곁에서 그렇게 행복한 미소를 지으면서
그렇게 거목처럼
따뜻하고 적당한 그늘과 아늑함을
사라지지 않을 저 태양처럼 그렇게
빛나고 있습니다.

그러니까

모든 것이 아름답게 느껴질 때

사랑은 최고조로 다다른 것 같아요.

거칠 것 없는 강렬한 빛처럼

그렇게 마음을 온통 부여잡는 그 열정을

넘치게 하는 것이 사랑인가 봐요.

내 생각 적어보기

당신은 아름다운 사람

처음에는 그다지 맘에 들지 않았어요.

털털한 그 모습과 매력이 없는 까칠한 목소리

그런 그가 어느 순간에 내 곁에서 서서

행복한 미소를 지으면서 나를 부추겨 주고

기쁨의 자녀를 세 명이나 안겨주고

나를 존경한다면서

내 자신보다 나를 잘 알고 늘 격려하고 아껴주는 당신.

세월의 흐름 속에서 늘어나는 주름만큼

화도 잘 내고 싫증을 내어도

게으름 속으로 병에 시달려 힘들어할 때에도

내 몸보다 더 소중히 여기며 챙겨주고

소박한 웃음으로 이내 안아주는 당신.

노부부가 되어 공원을 산책하며 의자에 앉아

서로의 눈이 되고 웃음이 되는

그런 꿈을 같이 하는 당신은

하나의 하늘을 베개로 하고

하나의 땅을 이불로 삼아

굵어지는 손마디와
주름지는 미소로
서로의 등을 어루만져 주는
평생 마주보고도 행복한
나에게 당신은
정말 소중하고 아름다운 당신입니다.

그래도

같이 사는 동안 점점 동질의 나이기도 한 당신.
그래서 새콤하고 달콤한 맛은 없다지만
은은하고 구수한 누룽지 같은 그런 당신.
걸어가는 내 인생의 빛나는 촛불인가 보다.
아니 그렇게 믿어야만 내가 행복하지 않을까?

다시 시작해야 할까요?

길을 가다가 잃어버렸습니다.

무엇을 잃어버렸는지 두리번거리면서 주위를 서성거렸습니다.

조금 전까지만 해도 내 곁에서 웃어주고 노래를 불렀었는데

메아리의 끝이 허공인 양

붙잡으려고 하면 할수록 사라지는 손안에서 빠지는 모래 같았습니다.

안개가 시작과 끝이 없이 온몸을 감싸 안고

천지의 구분 없이 그렇게 어둠이 비처럼 내렸습니다.

어두운 안개 속에 눈 비비고 바라본 것은

캄캄한 어둠뿐 아무것도 없었습니다.

더 이상 나갈 수 없는 두려움에

주저앉아 질편한 대지에 누웠습니다.

두려움과 무서움으로 소름이 가슴까지 찢어지고

쭈빗한 머리는 고슴도치처럼 웅크렸습니다.

차가운 바닥을 일깨우고 서광처럼 다가오는 나의 어머니!

애써 담아놓은 마음을 눈감고 놓아버리니 모든 것이 편해졌습니다.

보이지 않던 따뜻한 정원은 가느스름한 빛으로 눈앞에 펼쳐져 있고

들리지 않던 노랫소리는 은은히 흐르는 물 같은 예쁜 소년의 미소처럼

보일 듯 들릴 듯 말듯 그렇게 온 방을 조용한 미사처럼 겸허하게 만들

었습니다.

이제는

너무 노여워하거나 슬퍼하지 않을 것이고,

너무 가슴 아파하거나 전혀 모르는 사람처럼 냉정하지 않으렵니다.

풀 한 포기의 위대한 생명력.

공기 한 움큼의 가늠할 수 없는 존귀함.

따뜻한 대지의 형언할 수 없는 무한한 어머니! 어머니!

이제야 알겠어요.

그토록 젊은 날에 헤맸던 그 안개는

처음부터 없었던 허상이고, 스스로의 목을 죄고 고통 속에서 눈물 흘렸음을…….

바람이 불어옵니다.

가슴은 쿵쿵거리는 생명력 속에 디오니소스의 소박한 영혼이 내려 오고

머리는 겸허함과 느긋한 지혜로운 간디가 어깨를 드러내며 인사를 하고

그렇게 조용한 바람이 불어옵니다.

곧 비가 내릴 것이고

온 대지는 따뜻한 축복 속에서 한없는 항해를 하겠지요.

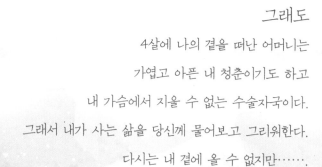

그래도

4살에 나의 곁을 떠난 어머니는

가엽고 아픈 내 청춘이기도 하고

내 가슴에서 지울 수 없는 수술자국이다.

그래서 내가 사는 삶을 당신께 물어보고 그리워한다.

다시는 내 곁에 올 수 없지만…….

당신과 함께라면

당신과 함께라면
아픈 몸도 사라지고 생글한 미소로 일어나렵니다.

당신과 함께라면
어여쁜 미소도 짓고 내 눈 속에 당신을 그려보렵니다.

당신과 함께라면
달빛이 비치는 창가를 뒤로하고 밤하늘을 이불로 하고 누워보렵니다.

당신과 함께라면
잠시 모든 일생상활에서 벗어나 둘이만의 오솔길을 한없이 걸어보렵니다.

당신과 함께라면
당신과 함께라면
더 이상의 행복도 바라지 않고 그대 보는 것으로 만족하렵니다.

그리하여

사랑은 기적을 만드는가 보다.

내게 있었던 암세포가 지나간 후유증으로

나를 고통스럽게 하고 있는지를 잊게 한다.

내가 좋아하는 사람을 본다는 것만으로도

세상의 시름을 다 잊고 행복을 다 가진 것처럼 행복하니까.

내 생각 적어보기

물 같은 사랑

마음먹기에 따라 다르다지요.

그대와 웨딩마치를 한 지 벌써 25년

늘 소탈한 미소로

자상한 손길을 주고

그 싫은 소리를 해도

마음은 아프겠지만, 손을 내밀며 가슴을 열어주는 그대

동갑이라고 때론 어리숙하게 보여도

내게 있어 따스하고 든든한 이불 같은 존재

내 건강과 내 꿈을 자신의 피부처럼 느끼는 그대

고마워요. 그리고 사랑해요.

당신이 있어서 너무도 행복하고

인생이 아름다운 것을요.

어느 순간에 늙더라도 지금처럼

오순도순 아웅다웅 미소 지며

따사로운 햇빛 속에 햇살 가득 웃음 짓도록

그렇게 살아요.

영원히 변하지 않는 금으로 만든 사랑의 장미꽃

그대가 내게 준 결혼기념일 선물

고마워요. 늘 생화를 주지 못하는 당신께서

내게 준 선물

눈물보다는 웃음이 나오지만 고마워요.

그래도 내겐 어느 선물보다는 당신이 건강하게 있는

그 자체가 나에게는 크나큰 선물이고 기쁨인 것을요.

그리고

그리고는 우리들의 가장 큰 선물인 우리들의 아이들이

우리의 선물로 우리를 기쁘게 하고 행복을 주는 걸요.

우리 행복하게 웃음 지으면서 한 고개 한 고개

인생의 자락을 넘겨봐요

어느 때인가 따로 떨어지는 낙엽처럼 그렇게 가겠지만,

되도록이면 우리 거의 같은 시기에 인생을 마감할 수 있도록 그렇게 원하고 멋지게 밝은 미소를 지으면서 살아가요.

그리하여

부부로 사는 것이 어떻든 감사하면서 살다보면

가족이라는 구성원들 속에서 얼마나 소중한 인연이기에

서로에게 기쁨이 되고 행복한지

살수록 새록새록 느껴지는 햇빛처럼 느껴지는 진실이다.

사랑하고 싶다

내 눈물이 흩어져 바다가 된다 해도
내 마음을 알아 줄 이 있어
한 마디 한 마디에
가슴이 아프도록 그립고
따스한 손길을 내민
그대가 있다면 죽도록 사랑하고 싶다.

내 가슴이 미어지는 그리움에
날을 새는 날이 많아도
기약 있어 언제 오마
찾아오는 그리운 이 있다면
내 목숨이 미치도록 사랑하고 싶다.

죽음의 문턱을 건넌다 해도
그것으로 영혼은 남고
아침 이슬처럼
부질없이 사라진다 해도
두 손 맞잡고 행복한 미소를 나눌
그대가 있다면

하루를 살아도 마른 나무에 꽃이 피어나듯 사랑하고 싶다.

또 하나

사랑한다는 것은 열정이 있다는 것이다.

누구를 좋아한다는 것은 그만큼 삶이 아름다운 것이 아닌가.

내 자신을 사랑하는 것도 힘든데

남을 사랑하는 것이 쉽냐고 물어본다면

남을 사랑한다는 것이 또한 나를 사랑하는 것과 같은 것이니

자신의 아름다움을 위하여 사랑하라.

그리고 또 사랑하라!

사랑하는 이여

사랑하는 이여!
눈이 부시도록 밝은 길보다는
외로운 오솔길을 같이 걷고 싶습니다.
당신의 따스한 손길과 느낌을 가슴에 간직할 수 있도록

사랑하는 이여!
잘 차려진 분위기 있는 곳보다는
당신이 좋아하는 것을 서툰 솜씨라도 뽐내는 소박한 자리이고 싶습니다.
답례의 따뜻한 미소를 생각하며 기다림 속에 행복을 느낄 수 있도록

사랑하는 이여!
이벤트가 없는 무의미한 세월보다는
가끔은 소박한 이벤트도 꾸밀 수 있는 당신이었으면 좋겠습니다.
이제는 뼛속 깊이 외로움이 스미고 그리움을 잊어버릴 수 있도록

그리하자

소중한 것은 소중해서 소중한 것이 아닌 것이다.
내가 소중하게 여기니까 소중하게 여기니 소중한 것이다.
내 사랑 또한 어여삐 여기고
같이 그곳을 향하는 그런 사랑이 동행한다면 얼마나 좋은가.
그런 사람이 내 곁에 있고, 그 사람의 소중한 사람이 내가 된다면.

내 생각 적어보기

향기 나는 찻길에 서서

후리지아 향기를 품고
보라색 햇살을 은은히 품어내는
아침햇살의 온온한 기운에 기대어
그대의 얼굴을 그려봅니다.

차가운 공기를 가르는
영롱한 아침 노래 새의 지저귐을
한 그릇에 담아
미소를 그득 담아내고
두 번 우려낸 녹차 향기를 가득 담아
그대의 미소를 담아봅니다.

새초롬한 얼굴에 상큼한 미소를
가득 안고 하늘을 날 것 같은 그리움에
한 폭의 그림을 한 땀 한 땀 지어내며
금방이라도 올 것 같은 그리움에
그대의 향기를 그려봅니다.

봄비 같은 날인가

그립고 사랑하는 그 마음에

하늘을 올라가는 풍선처럼 가슴에 기쁨이 가득하고

그리운 이와 차를 마신다면 얼마나 좋은 일인가?

마주 보는 것만으로도 신이 날 거야.

내 생각 적어보기

하늘가 그리운 님

하늘가 당신께
하얀 미소로 웃으면서 달려갈까요.
오체투지로 간절히 절을 하는 마음으로 그리워할까요.

하늘가 당신께
뇌쇄적인 살사댄싱을 추며 분홍빛 보조개 띄워 인사할까요.
화려한 저녁상을 차려놓고 부끄러운 미소로 초대할까요.

하늘가 당신께
마음 편히 늘 대하는 당신이 오늘따라 더욱 그리워지는군요.
이제는 찢어지는 마음을 한 땀 한 땀 마춤 없이 꿰매고
헐어버린 가슴을 맑은 미소로 씻으려고요.

오늘은
어제 당신이 그토록 꿈꾸던 햇빛 푸른 그날이고
당신의 따뜻한 눈길이 녹색의 정원처럼 아늑한데…….
시간의 동그라미는 오늘도 그렇게 지나가고 있는데…….

늘 그대는

그립고 사랑하는 그 마음에

하늘을 올라가는 풍선처럼 가슴에 기쁨이 가득하고

그리운 이와 차를 마신다면 얼마나 좋은 일인가?

마주 보는 것만으로도 신이 날 거야.

내 생각 적어보기

오직 단 한 사람

아무리 화를 내도 씨-익 웃고 감싸 안아주며
더 이상 화를 낼 수 없게 만드는 사람

내가 힘들어도 맛있게 요리를 한다고 하여 내밀어주면
세상에 있는 감탄사는 다 들어서 최고라고 말하는 사람

아파서 여기저기 두드리고 있으면
자기가 아파서 자기 몸을 안마하듯이 안마해주고 걱정해 주는 사람

그대는 내게 네가 너 자신을 사랑하는 것보다 더 사랑한다는
말과 행동이 나를 따뜻하게 해 주는 그런 사람

그런 당신이 나의 햇빛이 되고
그런 당신이 나의 그림자가 되어
언제나 나의 곁에 있어서
나의 행복이 되어 주는 오직 단 하나의 사람이어라
나의 행복이 되어 주는 오직 단 하나의 사랑이어라

그대여서 좋다

어찌 살아가는 것이 좋고 즐거운 일만 있겠는가?

내 욕심만 차린다면 혼자서 살 것 같아도

조금만 지나면 사는 것이 혼자보다는 둘이어서 좋다.

슬픔은 반으로 줄어들어 좋고 기쁨이 배가 되니

아무리 큰 괴로움인들 떨어지는 낙엽처럼 지나가고

아름다운 추억이 되는 것을……

내 생각 적어보기

그리운 사람끼리

그리운 사람끼리
손에 맞잡고 얼굴을 보면서
조용히 산책길을 걸어가자.

여기저기서 들려오는 새 소리, 풀들의 이야기 소리
다정하게 손잡은 손 위에 사랑이 흐르니
자연 속에서 또 자연이 되네.

아무 말 없이 눈빛만으로도 푸르른 오월이 되고
말없이 잡은 손 안으로 따뜻한 미소가 흐르고

사랑한다면 서로의 손을 잡고
말없이 산책길을 걸어보면
시끄런 다툼도 서로의 눈길에서 사라지고
아름다운 미소가 서로의 마음을 어루만지고

그래요

그렇게 손을 잡고 서로의 눈을 잠시라도 마주하면

무슨 마음의 앙금이 남아있을까요?

그대로 자연 속으로 순화되는 그런 아름다운 사람인 것을요.

내 생각 적어보기

목포

작아서 한 뼘 안에 들어오는 시내
멀어도 20분 이내
시市라고 하기에는 너무도 좁은 그 안에서
넓은 세상을 보고 또 즐기노라.

한걸음에 나가면 바다 내음에
삼학도와 멀리 제주도와 중국을
나가는 걸음마가 되는 곳
자유로운 영혼의 안식처
들뜬 바다 내음 즐기는 고향이 여기 있노라.

풍성한 먹거리와
아름다운 불빛으로 밤하늘이 아름다워
정겨운 님과 어느 밤에 거닐어도
따뜻하게 흐르는 정이 넘치는
구성진 얼굴 같은 그리움이어라.

목포는 자연 시인이다

바다를 향하여 조금만 가면 가슴 펴고 시원하게 웃을 수 있고,

자연이 주는 아름다움과 예술과

풍성한 음식에서 오는 풍류와 멋이 살아 있는 곳.

언제라도 내겐 친구처럼 포근하고 마주할 수 있는

막걸리 같으면서도 아름다운 빛 같은 곳이다.

내 생각 적어보기

그대에게 나는

그대에게 나는
조그마한 기분도 마법의 성처럼
조용하고 신비하게 보이고 싶어요.

그대에게 나는
친절하면서 새침데기처럼
웃는 마음 좋은 여자이고 싶어요.

그대에게 나는
가까우면서도 멀리 있고
지혜로우면서도 우아한 시처럼 있고 싶어요.

그대에게 나는
아침 바람에 실려 오는 향기로움으로 남아
가슴에 요동치는 파도이고 싶어요.

그대에게 나는
어떤 말에도 미소를 짓게 만들고
맞장구치는 신나는 노래로 남고 싶어요.

그대에게 또

우리는 내 자신에게 충실하는 것은 뒤로 하고

우선 내가 좋아하는 사람에게는

가장 좋게, 가장 아름답게, 가장 사랑스럽게 보이고 싶다.

그것이 가식적일 수도 있으나, 그 마음만은 진실이고

그때만은 행복함이 가득한 순간임에는 틀림없다.

내 생각 적어보기

엄마와 딸 그리고 사랑

사랑하는 연인들이 이보다 더 좋을 수 없다.

떠나버린 사랑이

멋있는 미소로 따뜻한 손길 주면

봄눈 녹듯 찾아오는 애틋함이

이보다 더 아름다울 수 없다.

그저 바라만 봐도

사랑스럽고 도파민이 솟아오르는

그저 곁에 있어만 줘도

그 소중함에 당신 있어 행복합니다.

그저 옆에 머물러 있어도

그 애틋함에 네가 있어 행복하구나.

당신이 내 엄마여서 행복합니다.

네가 내 딸이어서 고맙구나.

꿈같은 일주일의 중간에 나는

잠 못 이루고

행복에 맛난 새벽을 열고 있네. ♥

가족이라는 이름으로

우리가 사는 세상에서 가장 작은 단위인 가족.

그 가족 안에서 넓은 세상과 같은 인간사의 이야기가 녹아 있다.

사랑스런 마음으로 대하다 보니 무엇인들 사랑스럽지 않을 수 없다.

다만 사랑이 너무 자유방임이나 제약을 심하게 하는 것을

사랑이라는 이름으로 강요하지는 말아야 하지 않을까?

내 생각 적어보기

가족

추억이 있어야 가족이다.

애정이 있어야 가족이다.

보이지 않는 벽이 없어야 가족이다.

어려움에 같이 아파해야 가족이다.

한마디에 눈물짓고

한마디에 웃음 지으며

가슴에 응어리가 녹아내려야 가족이다.

내가 가족 되기 위해

한 걸음 더 다가가면

내 손에 꽃을 들고 다가가고

내가 멀리 떠나갈 가족이라면

가슴에 문 담아두고

고개 숙이며 아무 말 하지 않는 것이다.

하루하루 가족인지 내 가슴에 손 하나 올려보자꾸나

우리라는 테두리

세월이 지나가도 남은 사랑의 흔적은 늘 가슴을 따뜻하게 한다.

일상사에 찌들어도 가족이라는 테두리는

한 가닥 희망의 도타운 목도리로 가슴까지 홍조를 일으킨다.

내 생각 적어보기

돌아올 아들을 기다리며

똑똑똑 세월의 문이
쉼 없이 흘러내린다.
이제는 그만
감정에 휩싸이지 않아도 되지 않니!
이제는 허허벌판 쳐다보듯
웃어넘겨 버리지 못하니!

비가 온다.
나간다 말없이 가버린 자식을 두고
그나마 어디에 있을 것을 알고 있기에
덜 눈물 나고
덜 무너지는 가슴이 있다.

어린 가슴에 일찍 돌아가신 어머니에 대한
처절한 그리움
어디에도 있지 않는 그 원망스러움에
지금과는 다르지 않니?

한 달간의 여행

웃던 아들이 다음날 어디 간단 말 없이 집을 나갔다.

며칠 만에 만들어준 통장으로 체크카드를 사용했던 아들.

잔액을 보며 몰래 돈도 부쳐주고

어디에서 무엇을 먹는지 알 수 있었던 한 달.

성인이어서 핸드폰이든 게임 아이피 추적을 할 수 없었던 그 한 달.

실종노약자들이 정말 어디에 있는지 모르는 가족들의 마음을

십분의 일도 안 되는 마음으로 이해가 되었고,

4살 때에 돌아가신 나의 어머니를 불러도 들을 수 없고,

보고 싶어도 볼 수 없는 것과 비교하며 그나마 위안을 삼았었다.

내 생각 적어보기

입소식에 생각

푸른 오월 군에 간다.

가족, 친지, 친구, 애인아!

오만 생각에 잠 못 들어

사나이라고 울지 않는 것이겠지

보통 남자면 가는 곳이기에

가족, 친지, 친구, 애인이

그래 한번은 갔다 와야지~

눈물 흐르는 소리 서로 다르지만

모두들 장한 어머니 같더라.

충성하며 부친 구호

멋진 대한의 아들들아!

그대들의 힘찬 구호 속에

연병장 끝으로 사라져 가는

아쉬움에 눈물 훔치며

애인처럼 밤낮없이 기도한다.

잘 훈련 받기를

건강하고 무사하기를

푸른 오월 군대 가는
나의 사랑하는 아들, 가족, 친구, 친척, 애인아!
그 무엇과도 바꿀 수 없는
대한의 아들을
푸른 오월의 새순 돌아오는 봄날처럼 기다린다.

그날의 기억을 뒤로하고
온다는 말 없이 나가서 모시고 돌아온
아들의 '30일간의 추억여행'
을 마치고 이제 든든한 한 남자로
군 연병장에 당당히 서 있는 모습에 밝은 내일을 기대해 보면서
남자는 군대에 한번은 가야 한다는 생각에 다시 한 번 끄덕여본다.

아름다움을 위하여

한 줌 한 줌 시간을 쪼개다
하늘하늘 연한 꽃잎으로 인사하는 코스모스에게서
엷은 미소를 발견한다.
편한 웃음을 입가에서 살짝 지우고
우자 모양의 소리를 속으로 죽이며
허리에는 잔뜩 힘을 주어 긴장감 있는 근육을 만들어본다.

하루에도 수없이
너저분한 잡동사니의 풀어진 모습을 떨쳐버리고
하루 아니 한 시간 그것도 아니 몇 분이라도
꼿꼿이 서있는 기다란 고목마냥
우아함으로 나래를 펴본다.
내 이런 순간이 얼마나 되는가.
내 이런 가슴 뭉클한 나의 연민과 자랑이 얼마이던가.

우리는

우리는 자기 자신을 위하여 이기적일 필요가 있다.

누가 내 자신을 가꿔 주는 것은 아니니까

애인에게 정성을 다하듯 그렇게 자기에게도 정성과 시간을 투자하여

내적인 아름다움과 외적인 아름다움이 조화될 수 있도록

노력을 다해야 하지 않을까 싶다.

그런 자신을 보면서 나르시시즘이라고 해도 좋겠지만

쳐다보면서 웃음 짓고 스스로 만족도 해보고……

내 생각 적어보기

너와 내가

고요한 산사에 아침이 출렁인다.
너와 내가
유연한 무릎 되어
힘든 골짜기 오르내리는 계단을 동무 되어
살포시 땀방울 속삭이며
따뜻한 바람이 피는 소리
사과향기 행복한 저녁이 바람 인다.

너와 내가
싱그런 가슴 되어
너의 말 속에 나의 진실이 들어앉고
너의 울음에 내 서러움이 녹아나고
너의 웃음이 내 발끝까지 희열이 되는
말 없는 입으로 통하고
말 있는 눈으로 노래하면
너와 내가 만들어 가는 참 살아 이어지는 세상
희망의 불빛을 소중히
눈으로 후후 불어 올려

얼어붙은 세상 중심에서
존재감의 깊이가 송알송알
너와 나는
우리

우리는
서로에게 힘이 되는 우리가 되면
어느 것도 두렵지 않고 사는 것이 그렇게 힘들지 않고
즐겁거나 평안하게 살 수 있을 것이다.
가장 가까운 우리가 서로의 가슴에 아프지 않는 사이가 되도록
노력과 배려가 있음으로써 유지되는 것이겠지만……

사랑

사랑은 푸른 빛깔
끝이 보이지 않는
연한 불빛으로
나를 감싸 쥔다.
온 향기가 가득히
가슴을 적셔온다.
눈물 나도록 그립고
코끝이 시리도록
내 눈이 아름다워지는
나 하나만의 환희여라

사랑은 마르지 않는 샘

사랑은 험난한 인생을 잘 이끌어가는 무한한 에너지이고
마르지 않는 샘인 것은 틀림이 없다.
지쳐서 쓰러질 것 같은 순간에도
사랑하는 마음이 있어 쓰러지지 않고 인생을 포용하듯이
그렇게 노래 부르면서 살아갈 수 있으니
사랑하며 살아야 덜 외롭고 덜 힘들지 않을까.

내 생각 적어보기

Part 3

자연에 기대어

가을 속으로

태풍이 몰아치고 새하얀 밤에 달과의 대화로 날을 보내니
손끝과 무릎이 서늘한 그대의 얼굴이 다가오네.

따뜻한 미소로 온 들판이 무르익어 흥을 돋우고
차가운 시련을 앞두고 잎을 떨어뜨리는 그대의 지혜 속에서
그대와 짧은 만남 왜 그렇게도 서운하게 지나가는지
늦게나마 알아보고 그리 쫓아가려고 애를 쓴다네.

언제 온다는 말도 없이 조용히 다가오고
언제 간다는 말도 없이 슬며시 사라지는
그대의 짧은 입맞춤에도
세상은 결실로 화답을 하니
나도 그대에게 즐거운 화답을 하려고 하네.

갈수록 그리워지는 애착 속에서도
한 숟가락 여유로움과 빈 잔의 미학을 그려보며
그대의 미소 속으로 달려가 보네.

그래서
노랗고 붉게 물들어오는 가을이 다가오면
뭔가 한 가지라도 이루지 못함에
높은 하늘만큼 스스로를 다져보고
가을을 닮아가려고 노력하고 싶어진다.

요정의 마을

새벽의 기운을 모아 요정 나팔수가 노래를 부르면
잠들어 있던 내 영혼의 날개에 가락이 생기고
활짝 핀 춤사위는 아침의 꽃망울을 터트린다.

녹색의 정원에 꿈틀거리는 꽃망울은
하루 이틀 늦은 자락에
바람과 비를 몰고 온
어린아이의 트림 속에서 올망졸망 녹색의 환희를 토해내고

어린아이의 웃음처럼 희망찬 아침의 찬가는
이른 아침의 가족의 여유 있는 웃음 속에서
아침의 분무칠을 힘껏 품어내고 있다.

그러면

생기발랄한 아이들의 종알거리는 소리가 음악처럼 들리고

그래서 너무 아름다운 풍경이 풍선처럼 가슴을 벅차게 한다.

내 생각 적어보기

여름 나라에서

여름 종이에 그림을 그린다.

널따란 바다를 눈이 시리도록 베어 놓고

시원한 그늘 정원을 파라솔로 세워놓고

한 점 한 점 구름을 찍어본다.

흐르는 바람으로

출렁이는 여름향기를 가슴 가득 시원하게 뿌린다.

여름 종이에 마음을 열어본다.

하얀 파도를 가슴속에 안고

눈물 나도록 아픈 사랑을

한 움큼 한 움큼씩 날려 보내며

눈이 젖도록 영롱한 별빛을 담아본다.

그래서인가
가난한 마음인가?
비어주고 깨끗한 물에 담고 사는 여름은
내겐 추운 겨울보다도 좋아 추억도 많고 그리움도 많다.

내 생각 적어보기

꿈꾸는 자의 행복

추운 겨울 사이로 삐죽이
봄볕이 송송한 털빛을 내민 꽃망울에
금세라도 터질 듯한 눈웃음이 묻어 오르고

차가운 바람 속에도
그대의 따스한 목소리는
포근한 불빛으로 감싸 안으며
그대의 열정적인 가슴은
가녀린 흔들림마저 살포시 행복으로 꿈꾸어라.

해맑은 웃음과 맑은 눈빛
서로 잡은 손으로
푸르른 봄빛이 산책을 하고
내 마음은 하늘을 가진 듯
새색시 얼굴처럼 빨갛게 달아오른다.

멀지 않은 길목에서
디오게네스가 부럽지 않은
행복한 길을 꿈꾸며……

그리하여

추운 겨울이 지나고

비좁은 어두운 그늘 사이로 살짝 내민 햇빛이

조금만 비춰도 얼마나 따스한지

겨울로 인해 봄 햇빛의 고마움을 알고

가난한 마음에 희망 같은 봄이 자라난다.

내 생각 적어보기

나무를 보면

나무를 보면
인생의 사는 모습이 한눈에 보인다.
마른 몸에 새싹을 풀어내고
나날이 감탄의 미소를 짓게 하는 어린아이와 같고…….
시들어 마른 나무를 보면
인생의 모든 세파를 견딘 노모의 모습과 같고…….

나무를 보면
인생의 사는 모습을 눈에 비친다.
어느 나무는 물과 햇빛이 흡족하게 다가와
세상의 행복을 다 가지는 듯 멋있는 모습으로 서 있는
귀인과 같고…….
어느 나무는 철망과 강한 햇빛과 척박한 땅에
눈물에 아플 정도로 어렵게 서있는 집 없는 눈물어린
걸인과 같고…….

나무를 보면
인생의 사는 모습이 가슴에 어린다.

어느 순간에 어디에서 와서

어느 순간에 간 줄도 모르고 사라져 버리는 하루살이

인생과 같고…….

어느 순간에 태어나

이 세상에 있었는지 모르다가

가늠할 수 없는 그 거대한 유산을 남기고

쳐다볼 수 없는 위대함에

감탄과 경이로움을 자아내게 하는 영웅이나 위인보다

더 위대한 하늘과 같고…….

우리도

작은 나무에게서 큰 나무에게로

우리는 무엇 하나 놓칠 수 없는 기분 좋은 행복을 맛볼 수 있다.

저 나무처럼 바라보기만 해도 그저 행복에 파묻힐 수는 없을까?

낙엽 속으로

나무를 보면
하나둘 불빛이 새초롬한 얼굴을 내밀고
머릿속에서는 지워지지 않는 일상의 기억들이
온 방안 속에서 헤맬 때
따뜻한 기운을 뒤로하고
주섬주섬 새벽의 기운을 입어본다.

가족이라는 이름으로 내민 아들과 딸들이
웅텅웅텅거리는 삶이 행복의 한가운데라는 것을
늙어가는 노부가 아니어도 이 기쁨을 어떻게 표현할까

붉어져가는 새색시의 부끄럼같이
낙엽을 부지런히 쓸어 모아 가을빛을 쪼이고 싶다.

서늘한 가을이 추운 날들 속으로 사라져
내 맘마저 얼어버리는 일이 없도록 부지런히
낙엽을 모으련다.
따뜻한 빛으로 환생하기를 바라면서…….

생각해보면

낙엽 지는 계절에 점점 아랫목이 그리워지지만

엄마라는 이름으로 살기에 부족한 잠과는 차갑게 이별하면서

아침을 챙기는 것이 어찌 나 혼자만이겠는가?

낙엽으로 내리치면서 몸을 가볍게 단단하게 움츠리는 나무가

추운 겨울을 지나고 그 낙엽은 새로운 탄생을 위한

밑거름이 되듯이 내 삶 또한 그렇지 않을까?

내 마음의 보석

하늘가 치렁치렁한 별빛이
가슴속 엉기도록 박혀
영롱한 아침 이슬 해맑은 눈동자로
돌아온 나의 그대여!

서릿바람 모진 가뭄
안으로 안으로 이겨내고
인고의 빛으로 다가오는
내 청춘을 불사른 그대여!

햇빛이 그리울까
물빛이 그리울까
가슴속으로만 외치면서
누가 알아주면 더 좋으리라 하면서도
부끄러운 입 닫아버리고
이내 피어오르는 소담스런 나의 그대여

다시 생각해보면
꽃이 피었을 때도 경이롭지만
새싹에서 잎이 되고 가지가 되고
그 모든 것이 신비롭고 감탄할 수밖에 없는 것을
무엇이라고 표현할까?
표현할 수 없는 그 매력에
그저 감탄 끝에 미소만 지을 뿐이다.

내 생각 적어보기

눈 내리면

봄의 전령이 눈의 춤사위에 지쳐버리고
겨울의 마지막 인사는 아직도 끝나지 않았는지
바람소리 요란하게 서막을 울리고
나무 사이로 새색시의 하염없는 그리움처럼
함박눈이 적시어온다.

온 세상을 안고도
모자라는지
철없는 시인의 마음을 불러와 시를 그리게 한다.

이미 세상살이에 길들여져
눈만 오면 걱정의 말이 마음을 덮어도
세상의 때를 훌훌 떨쳐 버리고
온 마음을 어린아이처럼 부풀게 한다.

지금은 눈 내리는 시간
그 어느 것도 바라지 않고
그대의 춤사위에 젖어서
한없이 함박웃음 지어보리라

묻어두었던 그리움도 한 켠 한 켠 꺼내 들고
잊혀질 듯 살아온 세월도 통화해 보고
불그스레한 어린아이의 차가운 겨울 뺨의 영롱함으로
시인의 마을로 돌아가리라.

그리하여
눈 속에서 뒹굴고 싶은 마음을 상상을 더하여
어린 시절 꽁꽁 언 손으로 처마 밑에 달려 있는
고드름을 떼어서 베어 먹는 그 시절로 달려간다.
얼어붙은 웅덩이 위에 눈썰매로 지치고……

달빛사냥꾼

어스름한 밤하늘에
인적은 끊긴 지 오래
간간히 들려오는 차 소리엔
도시가 숨을 죽이고
뜻 모를 이야기를 되뇌며
하루를 손으로 세어보면서
하얀 웃음 지은 나그네

미소 지으며 마주 볼
다정한 그리운 임은
마음으로만 고이 접어두고
하얀 미소만 지으면서
달빛을 낚아내는 나그네.

그리하여

으스름한 밤에는 모든 상념들이 옷을 입고
여기저기 돌아다닌다.
낮의 얼굴과는 또 다른 밤의 얼굴이
내 얼굴인지 모를 심연 속으로 가다 보면
달빛에 온몸을 맞고 있다.

내 생각 적어보기

달빛 속으로

지쳐버린 영혼을 씻어줄 악기가 있다면

손끝에 불이 나도록 두들겨 줄 텐데

영혼과의 대화를 나눌 동무 하나

가까이 두지 못하니

대답 없는 풀잎에게 물어본다.

기다림을 어떻게 마음속에서 죽이고

지쳐버린 안식처를 찾아가는

포근하고 평온한 마음을 가질 수 있는지

잃어버린 친구 하나 다시 볼 수 없는 날에는

정신을 놓고 목이 쉬도록 술에 앉아서

세상의 시인이 되어 음률을 지껄여도

남은 것은 속이 탄 누렇고 까만 아침일 것을

너는 내 마음을 아니

부를 때에는 그냥 보기 부끄러운 사랑처럼

귓불을 살짝 스쳐가는 뜨거운 그림자로 남아 있다가

손을 놓고 지쳐있을 때에는

내 몸처럼 그렇게 가슴을 안아주는 그런 아픔을

너는 아니

세상은 내 마음을 비쳐주는 호숫가

하루에도 너에게 화의 1도에서 100도까지 오르내리는

가엾은 영혼의 철없는 뉘우침과 눈물을

벌써 한참을 지나 저녁의 어두운 그림자가 저 멀리서

드리워 오는 날갯짓의 소리에 가슴이 찢어져 내리는

둥둥거리는 내 심장의 소리를

너는 아니

하루에도 마음으로의 수백 번의 돌팔매질로

아직도 피어오르지 못하는 달빛을

달빛을 묻혀서 마음에 뿌려두면

어디선가 소리치는 청명한 호숫가

도란도란 애기똥풀 씨알 짓는 소리에

쿵더덕쿵덩 아침 해가 이마에 솟아오르네.

노란 손수건에 묻혀둔 고사리 같은 이야기를

한 뼘 가득 날갯짓을 하면

까르륵까르륵 눈웃음 짓는 아이의 손톱으로

빨간 해가 미소를 짓고

저 멀리서 황새의 날갯짓으로

호숫가에 그림을 접어두면

날아오르는 소담스런 수국화의 진향기가

온 마을을 감싸 안으며

꽃 속의 대화를 수없이 일구어놓고 있다

또 하나

푸념을 하다가도 이내 주섬주섬 자신을 추슬러본다.

예쁘게 화장하고 마음에 악센트를 주고

그렇게 마음에 그림에 희망이라는 배를 띄워본다.

그게 인생인가 보다.

그리하여 모든 게 신비롭고 아름다운 것인가 보다.

등나무 그늘 아래에서

무거운 짐을 벗어던지고
나른한 게으름을 펼치며
등나무 꽃의 은은한 향기에
몸과 마음을 맡기며,
보이지 않는 하늘을 향하여
손을 내밀어 본다.

마른나무 가지에
무성한 그대의 포옹이
아늑하게 온 세상을 안고
대지는 어느덧
여름을 향하여
눈부신 일탈을 시작하였다.

또 하나

향기로운 등나무 꽃향기나 칡나무 꽃향기는
무성한 잎만큼이나 향기도 온 세상을 덮는다.
아늑하면서도 돌발적인 그 줄기의 뻗어 내림은
도도한 처녀의 눈초리나 청년들의 기상처럼 도발적이어서
끝을 모르고 나아간다.

내 생각 적어보기

비가 오는 바람

바람 속에 비가 씨앗을 풍기고 있었나.

어느덧 온천지에 그대의 향기가 풍겨오고 있었다.

숨길 수 없는 그 향기에 온 누리는 흔들거리고

가슴에 품어놓은 씨앗은 눈을 크게 뜨고

머지않아 다가올 그대를 기다리고 있었다.

언제나 다가오는 그대는 아니지만,

한번 찾아오면

내 생명의 씨앗을 품어내고

인생의 노래를 부르게 하는

나만의 그대는

늘 싱그런 미소를 짓고

아침을 향한 파란 눈짓을 내밀며

세월의 무대 위에서 잔잔한 물결을 만들고

시원한 바다 냄새 같은 그리움으로

하늘 언덕가에 그렇게 서 있었다.

그래서

바람은 늘 나에게 싱그런 향기를 가져다주는 것 같다.

마음속의 찌꺼기마저 날려버리고

뭔가 좋은 일이 생길 것 같은 그런 것이다.

바람 맞으러 밖에 나가볼까…….

하늘하늘 하늘가

조그만 연못 위에 늙은 정원 하나 걸쳐놓고

살랑거리는 바람 잡아 한낮 동안

노닐락 노닐락거리면

어느 틈엔가 그 조그만 하늘은 가슴에

풍덩 미끄럼 치며 다가와

파드득 파드득 저녁노을 열어두고

길 가던 코스모스 여인네의

기나긴 한숨 사이에

세월을 묻혀버리고

어느 틈엔가 별들의

시새움이 뉘엿뉘엿 찾아들고 있었다.

내게 좋은 풍경

늘 그렇지만 아무리 좋은 풍경도 아무리 나쁜 처지도

어떤 눈으로 보느냐에 달려 있듯이

이 좋은 가을에 아름다운 눈을 가지고

밖의 풍경을 행복하게 10분이라도 바라다본다면

무엇이 부러울 것인가?

내 생각 적어보기

가을에 녹색을 배우다

고즈넉한 아침 하늘이
널따랗게 바다처럼 열리면
노란 핀을 한
붉은 치마의 새색시가
가을의 정점을 향해 분화구를 품어낸다

온통 푸른 여름날은
그 짙푸름에 가슴 막히고
답답함에 비 오듯 땀으로 흐르더니
청아한 물길 위에 볼그레한 빛에
한 발짝 물러선 가을풍경은
나뭇잎 내리는 풍선 같은 비가
다정히 깊은 가을 숨을 내어주고

보석 같은 빛나는 향기는
어머니 같은 산사의 향기가
가을의 깊은 배경이 되어
내 숨처럼 조용히 끊임없이 웃음 짓고 있다

가을은 나에게

가을 선운사 계곡과 길에서

봄처럼 부지런한 나무들의 겨울준비와

녹색의 향연도 잊지 않는 화려함과 부지런함에

말이 필요 없는 무한한 경탄과 기운을 얻게 했던 것 같다.

내 생각 적어보기

봄빛에 젖다

가녀린 잎에도 생명의 봄은

하늘같이 다가온다.

온통 세상은 노랗고 푸르고 분홍빛에 젖어

눈물의 환희가 펼쳐진다.

양지바른 곳에는

고사리의 통통한 어린 빛이 널려있고

삐요삐요 푸른빛이

빗어 오른 봄 햇살이 하냥하냥 다가온다.

따스한 풀빛이

어린아이의 잠자고 일어나는 모습처럼

무럭무럭 커 올라 내일모레면 하늘까지 오르겠다.

쌀쌀한 기운도 봄빛을 그리워하는데

아침에 본 개나리와 벚꽃은 푸른빛 되어 벌써 솟아오른다.

따스한 봄날을 만들어보자

자연이 춥고 어두움을 몰아내고

얼음 아래에도 물이 흐르듯이

우리들 마음속에도 그렇듯 따스한 봄빛처럼

그렇게 온기를 만들어보자.

내 생각 적어보기

바람 속엔

바람 속엔
꽃잎이 숨어 있다.

바람 속엔
노란 햇살이 숨어 있고

바람 속엔
그리운 웃음이 숨어 있고

바람 속엔
새색시 같은 그리움이 숨어 있고

바람 속엔
입꼬리 올라 아는 기쁨이 숨어 있고

바람 속엔
열매의 환희가 숨어 있고

바람은
오즈의 마법사에서 나오는
그런 회오리가 아니어서 그럴는지 모른다.
여름날이 시작되는 바람은
늘 가슴 시원한 설렘과 뭔가 이야기를 담아서
내게 주는 신비함마저 주었던 것임을 어찌 잊을 수 있겠는가?

내 생각 적어보기

3월

나를 가만히 놓아본다.

사물들마다 들려오는 소리 그 존재감

보이지 않는 안정된 믿음

가만히 내미는 자연의 숨소리

멀리서 묻혀오는 비 묻는 바람소리에

재촉거리는 잎사귀들의 기다림

싱싱한 공기 내음이 온 살갗을 부비고

따뜻한 봄 햇살이 새초롬하게

숨어버린 바람의 한가운데에

긴장된 삶의 끈을 잠시 풀어 놓는다.

빼곡히 짖어놓은 곰반부리에게

나도샤프란은 이제 손을 펴볼까

가두어 높은 겨울 땅 속에서 호미의 들춤에

뽀얀 속살은 드러내 보이고

예쁘장한 들풀을 머금어 내는 3월.

3월은 마법사가 꽃신 신고 오다.

오! 3월

계절의 변화 중에서 가장 신기함으로 항시 느끼는 3월,

그 3월이 청춘처럼 다가왔다.

이 아름다운 3월에 가장 부푼 꿈을 싣고 힘차게 나아가보자!

눈 내리는 밤

나 홀로 방에 앉아도
생각은 버얼써 나비처럼 날아서
눈썰매 타는 그곳에서 뛰어놀고 있다.
언 손을 호호 불어 주며
지칠 줄 모르고 신나는 추억 속으로
눈처럼 살포시 내려앉았다.

눈이 내리는 밤이면

그동안의 자연과는 다른 눈이 온 세상을 채울 때에는

동화 세계 속으로 어린아이의 마음이 되어

지칠 줄 모르고 여기저기 뛰어다닌다.

내 생각 적어보기

그리운 산하

고향이 달리 고향이던가.

내 마음의 추억과 애환이 살아있어야지.

가볼 수 없으면 꿈에라도 찾아가야지.

꿈에서도 못 가면 여기가 고향이거니

물장구치고 몰려다니며 숨바꼭질하던 추억.

추억의 되새김은 희미해져도

가을 아침 안개 아래 포근히 다가와

나를 키워주고 어루만져 주었던 고향

고향이 그 추억의 고향일 거야.

잊어버리고 없는 고향이었다고 해도

콧물 훌쩍거리며 웃던 시커먼 손등 위에

햇살처럼 번지는 그리운 산하가

잊지 못하는 고향일 거야.

고향은

내게 고향은 아무 말 없이 나를 키워주는 자연과 같은 존재이다.

뿌리가 없이 어찌 오랫동안 나를 자라나게 할 수 있을까?

지난 과거의 추억들은 다 고향이라는

어머니의 따뜻하고 넉넉한 품속이 있어 내가 자란 것이거늘.

내 생각 적어보기

풀이라는 이름으로

나는 오늘도 오른다.

날카로운 칼날에 찢기우고

뿌리째 뽑힌 위기가 다가와도

또 다른 우리가 합세하여 오른다.

한발 한발 딛고 더 강하게

한꺼번에 그 공이 무너져도

말라죽을 뻔해도

땅인 나의 자유에서

나는 숨쉬고

나는 노래하니

죽어도 죽지 않아

내 생명은 끝없이 이어지고

밟혀서 이름이 더 빛나니

내 삶은 화려한 꽃이 아니어도

꽃처럼 영원히 기억으로 남아

내 이름을 부를 것이다.

풀이라는 이름으로

덧말

초보 농사꾼인 나에게
풀은 강한 생명과 수많은 생각을 하게 한다.
공생해야 한다는 생각과 밀어내도 결코 물러서지 않는
그 잔인할 정도로 처절한 생명력에 차라리 감탄을 보낸다.

내 생각 적어보기

석교초 대목련

그대를 우러러보기에는

너무 우아하여

이제야 그리움에 불러보네

하얀 꽃잎의 결정이 만발하여 가슴을

쿵쾅거려도

가슴으로 안아보기에 너무 웅장한 그대의 모습

또 언제 보려나

한눈으로 안아볼 수 없어

한없는 그리움도 커져만 가네.

어린 속살 같은 어여쁨이여

어린 시절 그림 같은 그리움이여

꽃잎 떨어진 때에는

푸른 청춘이 피어나

거대한 그리움으로 짙어만 가네.

긴 세월 속에 남는 자취는

어느 것이든지 긴 세월 속에 살아남는 것은 위대하다.

석교초에 근무하면서

백목련의 우아하고

당산나무처럼 큰 역사의 자취를 보면서

자연의 유구한 역사 속에서 살아 있는 것에 대한

감탄을 금할 수 없었다.

마찬가지로 인간이 남긴 발자취 중에서

예술작품이나 생활의 자취 등이 담긴 유적과 유물이

우리들에게 다가올 때 한 발짝 더 가까이서 바라보면

그 위대함이란 그 무엇으로도 표현할 수 없는 무엇이 분명 있다.

내 생각 적어보기

눈부시게 아름다운 날들을 위하여

아름다운 일몰이

눈이 부시도록 감동으로 밀려왔다.

떠오르는 태양이 아무리 아름다워도

지는 태양 속에서 비춰지는 편안함이 없다.

포근한 가슴을 한껏 펼쳐주는 넉넉함에

눈물마저 내어주고

가슴 한 켠에 문득 주름 하나둘이 부챗살을 만들었다.

한 해 한 해 마음과 몸이 좁아지는 세상에

태양이 지며 빛을 열어주는 아름다운 자태처럼

눈이 부시는 황혼이 다가올까

저 지는 태양이 빛을 내어주듯

나의 빛을 내어줄 수 있는 눈부신 날들이 될까

모닥불 사랑의 거리에서

모닥불처럼 너무 가까이 다가가면 뜨겁고

너무 멀면 그 따뜻한 기운을 느낄 수 없는 것처럼

인생을 통찰하는 데에는

열정적이면서도 관조적인 자세의 조화가 필요한 것 같다.

한편으론 나만의 내어 줄 수 있는 것이 있다면

그것은 나만의 행복을 누릴 수 있는 자기 관리가 되는 것이니

여유롭고 행복도 요리하고 즐기는 사람일 것이다.

내 생각 적어보기.

 # 10월에

펼쳐둔 풍경일랑

하루 한 칸씩 비워두게나

갑자기 찬 서리 내리면

널어둔 영글어진 내 사랑하는 한 알 한 알

피땀 어린 웃음이 눈물로 변해버리기 전에

게으름은 한여름에 갖다 두고

총총한 걸음으로 가을걷이를 하게나

초봄에도 찾아올 내 친구가 서럽지 않도록

아침저녁으로 보살펴

추운 겨울에도 얼어붙지 않는 친구를 만들게나.

혼자서 낮은 소리로 훌훌 털어내는

친구야!

조심스레 가끔 한 번씩 곁에 있다는 것만은 잊지 않도록

안부를 전해주게나

가을은 또 새로운 봄의 시작

봄에만 꽃이 피던가!

가을에도 겨울에도 찾아오지 않던가!

빛을 잃어간다고 해도
슬퍼하거나 노여워하지 말게나.
또 다른 나를 준비해주고
아리따운 노을이 되어주면 그 또한 얼마나 아름다운가!

남은 시간이란

우리는 세월을 1년을 12월로 만들어
나이를 먹어가는 것도 돌아보면서 반성하고
새로운 계획을 세울 수 있도록 했는지 모른다.
그냥 태어나서 사는 것보다
정해진 날짜를 만들어놓고 계획하고 실천하고,
그러다가 연말이 되면 조바심도 내보고
이런 것이 좀 더 잘 살아보려고 한 것이 아닐까?

봄뜰 안에

그 사나운 바람에도 온몸을 움츠리고
모든 것을 다 내어주고 기다린 것은
나를 보고 웃는 어린아이의 웃음도 있겠지만
늙은 농부들의 굵은 손끝이 나를 기다린 것을
내 몸으로 오랫동안 느껴온 까닭일거야

나를 이리저리 옮기기도 하고, 내팽개치고
내 몸을 여러 번 수술을 하여 이쁘게 한다고 해도
나는 그냥 나일 뿐인데, 귀찮고 때론
화가 나서 고함과 폭풍을 불러 온몸을 부르르 떨어도
무서워하지 않는 나를 그때나 조금 무서워할까
언제 그랬냐 싶게 이리저리 쑤셔보고
웃고, 할퀴고, 짓이겨놓고

때가 되면 돌아온 그때를
그나마 주인인 냥 반기는 그 모습이 싫지는 않아
따뜻한 날을 기다려서
조금씩 조끔씩
강가에,

들녘에,

푸르름을 일어보고…….

알록달록 새 옷을 이 따스한 햇볕에 내어 보이고…….

내게 봄은

봄은 내게 첫사랑처럼 늘 올 듯이 말 듯이 그렇게 애를 태운다.

차갑기도 하고 따뜻하면서 그렇게 정이 들면

어느새 여름을 남기고 떠나버리지만.

낮은 목소리

출렁이는 바닷물이 다가온다.

빗물 속에 묻혀 오는 이야기가 들려온다.

채송화 씨알 같은 그리움을 뉘엿뉘엿 부여잡고

송송송

바람과 비와 햇볕 친구들이

즐거운 놀이잔치 벌이다가

오늘 낮 내일 아침

뿌요뿌요 기지개 켜고

오이꽃 노랗게 지는 자리

가시 돋친 새끼 오이 손을 잡고

보라 왕관 가지꽃 안녕하는 그 자리

입이 붉힌 아기 발톱 같은 가지 달고

아침 밥상 요리에

빨갛고 하얗게 기쁜 얼굴 내민다.

훌렁훌렁 날개 펴고 쉬엄쉬엄 다가온다.

누가 볼까 몰래

옥상 위에 자리 잡고

벽을 향해 팔을 올린 풍선초의 여린 손

하양 나비가 날지 못하고 멈췄을까

귀 열고 눈 감아 가만히 대어 보면

아기 사슴 뛰어놀까

까르륵 까르륵 어린 웃음 번지고

베갯머리 다독 다독거리며

할머니가 들려주는

누룽지 같은 이야기가 살랑살랑 향기롭다.

조용한 외침이 주는 감동

자연의 변화에 귀 기울여보면 무엇이든 감탄하지 않을 수 없다.

눈길이 닿은 곳마다 신비롭고 아름다움에 말을 잃게 만든다.

산과 나

산은 산이고
골은 골이라.

산속에 물이고
물속에 산이라.

산은 물이고
물은 산이 되니라.

너는 너이고
나는 나이니라.

너 속에 내가 있고
내 속에 네가 있느니라.

너와 내가 하나 되고
나와 네가 하나 되니
경계 속에 경계가 없느니라.

그 속에서는

애초부터 무슨 말이 필요 없다.

굳이 말을 한다면 감탄사밖에 허용을 하지 않는다.

그 속에서 겸허함을 배우며

머릿속을 비워두는 그 시간만큼은 도인이 따로 있을까?

내 생각 적어보기

자연 속으로

젖어본다.
누워본다.
한 가닥의 고집도 저 멀리 버리고
너의 숨소리로 가슴을 채우고
너의 따뜻함에 녹아버린다.
아무것이 없어도 가슴이 벅차오르고
손끝까지 경이로움에 눈을 뜰 수 없구나.

가슴 깊이 들어오는 빗물소리

절실함이 명품을 만든다.

절실함이 아름다움을 만든다.

자연은

늘 자연은 우리에게 무언가를 주는

무한한 사랑 그 자체인 것 같다.

인간이 그것을 함부로 대하여 우리 스스로 벌을 받기도 하지만,

조그만 눈을 돌려 우리가 숨 쉬는 공기를 감사하다고 하면

이 세상은 정말 신기롭고 기쁨 있는 곳이 아니던가?

내 생각 적어보기

가을에 피는 벚꽃

부지런해서 그러니?
태풍에 모든 잎이 떨어져 그대 봄인가 싶었지!
어쩌면 좋아
듬성듬성 피어난 벚꽃이 예쁘기에는
머지않은 추운 바람에 만개하지 못하고 쓰러져 버릴 것 같아
또 봄에 다시 일어나
그대의 날에 꽃을 피우지 못할 것 같아
마음을 졸이며 그대를 돌아본다.

가득 핀 동산의 꽃은 아니어도 좋으니
그대 부지런함에 눈물을 흔들리지 말고 모른 척
또 바람 세게 불어 잎이 떨어져버리거든
부지런함을 잊지 말고 또 내게로 꽃을 피우렴
그게 너의 부지런함의 시작인 것을

겨울이 오기 전에 따스함이 벌써 푸른 잎을
새파랗게 내려놓으니

내 마음이 새파랗게 질리고도 눈물이 흐른다.

이 가을에 벚꽃의 영롱함이여

이 가을에 벚꽃의 슬픈 아름다움이여

시대를 초월하는 것은

선구자는 늘 외롭고도 험난한 겨울을 겪듯이

제때를 만난 듯 착각으로 밖에 나온 꽃들의

머지않은 몰락을 보면서

예쁘다는 느낌은 한순간에 들지만

그렇게 만들어버리는

인간의 그칠 줄 모르는 그 미친 욕심에 화가 난다.

철학에

발을

담고

내 영혼을 위한 건배

지쳐버린 내 가지에 풀잎 친구 하나 두고

잃어버린 친구를 찾아주세요

광고라도 하늘에 걸어두면

어디선가 개미 같은 목소리로

나를 위한 노래라고 열변을 토해도

귀를 잃어버린 내 마음에는

그 청아한 돌담 같은 눈물을 들을 수 없고

어디선가 어머니 같은 눈물로

흔들거리는 내 마음에 추를 매달게 찾아 나선

디오게네스 선생의 그 따뜻한 손 떨림도

돈의 위력에 영혼을 팔아먹은

경마장에 서 있는 눈 없는 내 마음에는

가슴 밑바닥에서 전해오는 뜨거움을 잊은 지 오래

내 영혼을 위해 오늘은 호탕한 웃음으로

귀를 씻고

눈이 시리도록

건배를 하자꾸나.

내 영혼의 새로운 출발을 위해
손에는 푸른 나뭇잎을 들고
가슴에는 노을빛 사랑을 가득 담고
내 못난 영혼의 뒤늦은 출발을 위해
저린 발에 침을 부치며
저녁 밥상머리의 어머니의 포근한 웃음을 가득 담고
내 영혼을 위해 건배…….

그래서
뭔가 잃어버리고 남아있는 것이 없는 사람처럼 공허하다가도
살아가는 것은 그래도 뭐라도 해야 하고,
가슴은 쓸쓸하지만 웃다 보면 그래도 사는 것이 낫지 않을까 싶은
간절하면서도 푸념 섞인 생각을 표현했다.

흔들거리는 삐비 꽃

갓 피어난 아기 털 같은 부드러움에

저수지 둑에 한나절 걸릴 것 같은

그 다리 퍽퍽한 절벽을 온통 삐비 꽃은

이리저리 매무새하면서

다리 사이로

손바닥 사이로 바람처럼 간질거리더니

혼자 계신 어머니 무덤가

그 많던 쑥들도 수군거린다고

쫓아버렸던지

돌아가신 그날 뵈올 적에는

어머니 웃으라고

무성히도 무덤을 휘감더니

어느샌가 우리 집

한 귀퉁이에 코피 나면 쓴다는 약재로

숨을 숙이고 있네.

그래서

벌써 오래전이다.

돌아가신 어머니의 묘소를 가본 지가 오래되었다.

어머니의 묘소가 가까이 할머니의 묘소가 있고

옆에 감나무도 있고

곧바로 신작로가 보이는 곳에 위치하고 있는데

조용한 가운데에서도 삐비 꽃이 만발하여

그나마 심심하지는 않으실 것 같다.

우리 집으로 삐비 꽃을 가지고 와서 약재로 쓰려고 하니까

새삼스럽게 어머니가 그리워지고

이런 딸을 얼마나 보고 싶어 할지 눈시울이 뜨거워진다.

내 생각 적어보기

가벼움·비움의 철학

너를 채우면 무엇이 될까
나의 욕심은 하나둘 올라오고

너를 놓으면 무엇이 될까
나의 아쉬움과 절망감이 사라지고

너를 지우면 무엇이 될까
나의 미련과 애증이 손금처럼 흐르고

가질수록 아픈 것은 나의 욕심
버릴수록 행복한 것은 나의 현실

이 조그마한 진리를
일생 동안 얼마나 느끼고 사는지

너는 나의 꿈이고
너는 나의 희망이고
너는 나의 인생이기에

너를 비우지 못해
오늘도 거짓 사설을 누리고 있다.

그래서
가끔 한 번씩은 우리들 주변을 보면서 욕심을 버리고
다 내려놓으면 그렇게 아득바득하지 않고
장자처럼 고고하지 않을까 하는 생각을 해본다.

그대는 모르리

인생이 그런 거죠
행복 그 이상도 아니다.
그저 일상사였을 뿐
무엇하러 만났냐고
내 마음의 외유를
그대는 모르리.

지쳐버린 날갯짓에
잠깐 쉬어가는 것을…….

죽도록 사랑하고 싶어도
사랑의 오르가즘은
물이 되어 흐르고
가슴만 타 버리는 것을…….

처절한 그리움과 싸우고
밤새내 지쳐버린 태양은
때늦은 고갯짓에
어수룩한 발걸음만 재촉한 것을…….

그래도

어두운 터널을 오랫동안 지나가다

조그만 햇빛이 비치고 즐거운 노래가 들려오더니

이내 다시 회색빛으로 변해 버리는 인생인지,

오랫동안 초록빛 빛나는 대지 위에 있다가

어쩌다가 동굴 속으로 들어가 인생이 괴롭다고 하는지

놓여있는 환경과는 닮지 않는 것 같고,

알 수 없는 인생길이지만 묵묵히 걸어가야 하지 않을까?

내 생각 적어보기

Part 4 철학에 발을 담그고

긴 하루 짧은 감동

오랜만의 가족여행
전날부터 준비한 막내딸과 준비한 먹음직한 귀여운 도시락
아이들이 좋아하는 과자와 음료수,
행복한 미소를 짓게 하는 사과.
알람은 청명한 새벽 5시를 가르고
어스름한 주차장을 지나서 서울로 향한다.

즐겁고 강한 비트의 음악 소리
줄곧 씹어내는 껌 소리와 사탕 깨 먹는 소리
일찍 들어선 고창휴게소에
우리들만의 아침식사 시간
조용한 공기를 가르고 무료 안마까지

곧게 뻗어 오른 길 위에
조급히 올라가는 서울행 짐차들
홀로 가는 그 어깨 위에 아침 해가 불끈 솟아오르고

넉넉한 품으로 안은 용산 국립중앙박물관
아침부터 번쩍이는 눈동자와 힘찬 목소리

가득 찬 학습 열기 속에 동행하는 가족의 화합의 열기

이곳저곳 찾아보는 눈의 부지런 향연에
지쳐가는 다리는 질질 끌려다니고
머릿속과 마음은 시간의 흐름을 잊어버렸다.

화면으로만 보았던 청계천 맑은 물 흐르는 소리
차가운 공기를 가르며 오가는 사람들의 여유로운 목소리
아늑한 빛의 향연이 삭막한 도시를 향기롭게 피우고
풍성한 물품들과 세련된 얼굴 속에서
도시의 밤은 피어나고
긴 정체 속에 거리로 버려지는 돈들의 춤추는 무희들

부대끼고 살아가는 밝은 음성들을 뒤로한 채
긴 하루의 짧은 감동은
오는 길을 재촉하며
열어가는 불빛으로 하루를 묻히고 있다.

어쩌면
우리가 사는 것이 이렇게
아이들의 재잘거리는 모습을 볼 때가
힘들면서도 정말 인생의 아름다운 황금기가 아닐까?
나 자신보다는 가족을 위해 산다는 것이
내가 살아있다는 것을 확인시켜주는데도
그때는 잘 모르다가 추억의 한 페이지를 펼칠 때에
'그때 좀 더 잘할 것을.' 하는지 모른다.

나는 어떤 사람인가?

그 사람을 만나면 괜히 기분이 좋아지고

뭔가를 더 해서

그 사람의 웃음 띤 얼굴을 보고 싶어지는 사람이 있다.

힘들게 일하는 동안에도

그 사람의 모습에 더 열심히 하려고 하고

한마디의 말

어떻게 언제 그렇게 하셨어요?

대단하시군요…….

이내 화사한 얼굴로 우쭐대듯이 기분이 좋아지고

너무나 서로가 고마운 그런 사람이 있다.

그 사람을 만나면 괜히 마음에서 분통이 터지고

없던 자존심까지 상하여 한마디라도 화풀이하지 않으면

미쳐버릴 것 같은 그런 사람이 있다.

뭔가를 해 주어도 그 많은 좋은 것은 보지 않고

자그마한 꼬투리를 잡고 늘어지며

자존심을 긁어내는 그 솜씨에

가슴이 찢어지는 아픔을 딛고

쓰라린 상처를 어루만지면서 살게 하는 그런 사람이 있다.

난 어떤 사람일까?

늘 남의 상처를 어루만지는 그런 사람도 아닌 것 같고

그렇다고 해도 남의 마음을 나이프로 찌르듯이 그렇게

마음 아프게 하는 사람이 아닌 것 같다.

그렇지만 주변의 이런저런 사람들로 인해

세상은 웃고 울고 하는 진짜 눈물 나게 웃음 짓는 살맛

나는 세상이 아닌가.

난 이 세상으로 인해 울고 웃기도 하지만

다른 사람들을 또 울게 하기도 하고 웃게 하기도 하는

그런 사람이지만

되도록이면 다른 사람에게

한마디의 말이라도 그 사람의 피어나는 꽃이 되고

한마디의 말이라도 그 사람의 아름다운 나무가 되기를…….

한 생각

사는 것이 무엇인지 정말 알면 알수록 신비한 것인 것 같다.

감정의 줄기들이 이리저리 엉겨 붙어 있기도 하다가

깔끔하게 청소되어진 밝은 도로처럼

그렇게 시원하게 뻗어 내리다가 또다시 변화한다.

알 수 없는 이 세상의 오묘함 속에서 영롱한 빛을 찾듯이

그렇게 사는 것이 인생의 맛이 아닐까?

나이를 먹는다는 것은

나이를 먹는다는 것은
세상에 하나둘씩 넓었던 시야는 좁아지고
단순해져서 한 가지 일만 반복해가져 가고
금방 한 일도 잊어버리고는 다시 찾는 것까지도 한참인 것

나이를 먹는다는 것은
앞으로의 희망보다는 지난날들의 추억이 겹겹이 쌓이지만
한 가지라도 붙들고 앉아 세월을 요리할 줄 아는 것

나이를 먹는다는 것은
자신을 돌아볼 시간을 만들고
여유라는 배를 저어보려고 애를 써 보려는 것

나이를 먹는다는 것은
그저 숫자만 커져 갈 뿐
여전히 인생의 희로애락 속에서 헤매고
성숙해 보이는 데에서 멀어지고 싶은 것

그건 것 같아요

나이를 속도에 비한다고 하더니

속도가 느리게 가는 젊은 나이에는

더 나이 들어 보이고 싶고 어른을 무시하고 싶은데

그런 어른이 되고 보니

어린 시절 원하던 대로 세월은 빨리 지나가는 데 해놓은 것은 없고,

편협하고 고집만 늘고 갈수록 미운 짓만 하는 것 같고……

내 생각 적어보기

내 마음의 풍선을 달고

해질녘이 되어 바라보는 난
산뜻한 옷차림으로 아침을 시작한다.
뉘엿거리듯 저녁이어도 난
즐거운 마음으로 시작을 한다.
어둡고 추운 길을 걸어왔다.
눈물 흘리고 외롭고 서러움 가슴에 안아왔다.
억울함에 벌리지 못한 목메임을 피 흘려왔다.
이젠
내 마음의 풍선을 달고
한껏 치장을 하지만
조용히 주위도 돌아보면서
미소를 머금고 걸어갈 것이다.
새로 시작한 새 삶을 위하여
인생은
이렇게 사는 것
살면 살수록 그 진미 속으로 빠져들어
겸허한 자극을 남기고
그렇게 뉘엿뉘엿 길을 걸어가는 것이다.
누가 부르기 전까지는 난

노을을 닮고

하늘을 닮고

그렇게 뉘엿뉘엿 길을 걸어가는 것이다.

생각해 보면

위암 수술한 지 3년째.

아직도 때를 알지 못하는 응급실행이 나를 기다리지만,

그래도 살아있음에 모든 것이 새롭고도 새로웠던 그때.

몸이 힘들더라도 그것으로 인해 더욱 고마웠던 날들이

정말 소중한 날들이었던 것 같다.

부부의 날을 생각하면서

부부의 연으로 살고 온 지도 어언 25년
그 이전에는 친구로 알고 지냈으니
알고 지낸 지는 32년이다.

늘 털털한 옷매무새에도
마음은 늘 넉넉한 당신
큰 소리 없이 화목하게 웃음을 웃으면서
서로에게 따뜻한 손이 되고
서로에게 밝은 미소가 되고

이렇게 세월을 넘나들면서도
부부는 서로 닮아간다고 하는데
우리는 전혀 닮지 않는 외모를 보면서
늘 왜 우리는 닮지 않았는지 웃지만
마음은 너무도 닮아
이견이 없어서 그나마 외모라도 닮지 않아야
하지 않을까 하는 뜻이 아닐까

공원의 벤치에 앉아서 서로의 등이 되어

따뜻한 햇볕을 마음껏 받으면서
주름진 손과 얼굴을 자연스럽게
익숙한 미소로 가질 그날이
같은 소원인 우리는
오늘도 하늘 같은 밝은 미소로
서로의 웃음이 되고
서로의 행복이 되고.

그렇게 살다 보면

인생이 별거 아닌 것 같으면서도 정말 별거인 것 같다.
알다가도 모르는 인생사.
날마다 의미를 부여하지는 않아도
소중하게 생각하면 더욱 소중한 것 같다.

유시

보지 못한 세계에 대한 아쉬움과
남아있는 육신을 다 쓰지 못한 그 푸릇함에 대한
부끄러움에 차마
고개를 들 수 없나이다.

사랑하는 이를 좀 더 사랑하지 못하고
미워하는 이를 덜 안아주었고
육신에 대한 변명으로
치열하게 살지 못했나이다.
내 왔던 곳으로
다시 돌아가리니
나를 만나 조금이라도 행복하였네 라는
그 기억만을 생각나게 하여 주소서
안녕!
나의 사랑하는 사람아

돌아다보면

사랑한 사람들을 돌아다보면서
편안하게 눈을 감을 수 있다면
인생을 그나마 잘 살았다고 할 수 있겠지.
언젠가는 기약이 없지만
미련도 없이 가야 하는 그 세계를 미리 생각해보면
내 사람이 조금이라도 더 진지하겠지.

내 생각 적어보기

인생

시간도 잃어버리고
애정도 흩어져버리고
남은 것은 무너진 감정의 잔해들

무엇인지 모를 진리의 왜곡된 날카로운 비명소리
어둠으로 고개를 떨구고
하나둘 꺼져가는 인명의 촛불을 바라보며
한없이 쏟아지는 저 빗줄기에 젖어
싸늘해져가는 마음의 추스름도 없이
또 그렇게 해가 지고
또 그렇게 해가 뜨는
세월의 두레박질을 끝없이 바라본다.

어디에서 그대를 만났던가.
희미한 기억 속에서 찾을 수 없지만
새로운 친구들의 다정함은 남아 있어
어두운 미래를 밝히고
작은 꽃잎 내세우며

또 그렇게 해가 뜨고

또 그렇게 해가 지는 것을…….

그래요

체념하다 보면 그것을 인지하다 보면

누워서 다시는 일어나지 못할 것 같아도

그래도라는 말이 있듯이

그래도 인생은 살 만하지 않은 것인가?

내 인생이 그저 잎새에 스쳐지나가는 물방울처럼 사라진다 해도

이것이 살아있다는 것이니

치열하게 눈물겹도록 살아야 하는 것이 아닌가?

진리를 찾아서

내 어디든 가리라
세상의 진리를 찾으러
무엇을 하든지
나는 세상의 어둠 속에 숨겨진
인생의 진리를 찾아 가리라.

죽기 전까지는
이렇게 밤새워 보기도 하고
모르는 이를 만나서
붙잡고 이야기도 해보고
가슴 아픈 사람들의
속 깊은 이야기도 들어주면서
나 어디든 가리라.

왜 태어났는지
왜 사는지
왜 그렇게 사라지는지
바람이 말을 해주고
어둠이 길을 열어 주어

하나둘 알아 가면
그때는 함박 웃는 가벼움으로
세상을 떠나리.

어린아이처럼
신기한 눈으로 세상을 쳐다보니
나의 눈에는 신비함으로 세상이 다가온다.
진리를 찾는다는 것이 어렵고도 가다가 넘어지기도 하겠지만
죽을 때까지 놓지 않을 과제가 아니던가?

하늘에게 물어봐요

문득 난 어린아이처럼
세상에 모든 것이 신비하고
세상에 대한 경이로움에
잠 못 듭니다.

젊은 날의 외로움이 아닌
한 가닥 세상에 대한 감사한 마음으로
오늘도 조잘거리면
눈망울 꽃에 그리움을 담고

서슬 퍼런 바람에도 꿈이 자라게
진리와 보다 가깝게
세상의 이치에 겸손하게
여린 잎처럼 가슴 흔들거리며…….

난 물어봅니다.
세상이 내 손에 울고 웃는다고요?

그리고

아픈 뒤에는 생명에 대한 존귀함도 더 크게 다가왔지만

무엇보다도 사소한 것들조차 그 의미가 크고

신비하게 다가온 것이다.

그러니 세상이 어찌 아름답고 신기롭지 않을 수가 있겠는가?

내 생각 적어보기

하염없이 길을 걸었습니다

하염없이 길을 걸었습니다.

어제도 걸었던 그 길이

오늘도 그만큼인가 싶어

다리가 아파도 또 걸었습니다.

혼자서 걸어도 그 길이 무섭지가 않습니다.

내 귀에는 아름다운 목소리가 들리고

내 마음에는 따뜻한 친구가 같이 걷고 있었습니다.

내 눈은 마음으로 향하고

한없는 갈망으로 빛나고 있었습니다.

하염없이 길을 걸었습니다.

알 수 없는 어둠이 앞을 가로막고

바람이 불어와 앞을 보지 못해도

나는 걸었습니다.

어제의 그 길을

또다시 시작하면서

나는 한없이 걸었습니다.

내게는 걸을 수 있는 다리가 있고

내게는 걸을 수 있는 힘이 있어서가 아닙니다.

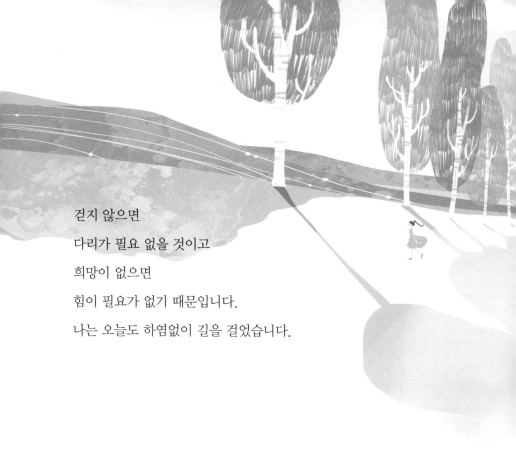

걷지 않으면
다리가 필요 없을 것이고
희망이 없으면
힘이 필요가 없기 때문입니다.
나는 오늘도 하염없이 길을 걸었습니다.

길은

인생길은 누가 만들어준 것은 없지만
내 인생길에 도움이 되는 것이 어디 한두 가지이겠는가?
내 눈을 어디에 두느냐에 따라 길은
아름답고 신선한 바람이 부는 가로수 길이겠지만
돌이 많아 넘어질 수 있는 험난한 길이 되기도 할 것이다.
그렇다고 그것이 전부 다 그렇지 않은 것이 길이고 인생이니
묘하고도 묘하고 기대를 해볼 만한 것이지 않은가?

행복에 누워

- 시인 노은 님 시에 대한 화답시(2007. 12. 24) -

한 움큼의 관심이 예쁜 시로 다가와

그대의 포근한 말은

가슴에 쿵쾅거리는 노을을 만들어 헤픈 웃음을 만들고

그대는 알까요?

미처 모르고 지날 우연히 들른

그대의 따뜻한 감동의 시가

우울한 하루를 환하게 빛나게 하는 것을.

그대는 알까요?

한순간에는

이 세상에서 잊혀져 버릴 내 인생이

지금 이렇게 환하게 웃을 수 있어

행복하고 감사하다는 것을.

늘 처음처럼

아장거리는 아가의 조심스러운 손짓처럼

그대의 눈길에 사로잡혀

따뜻한 길을 걸으면서
행복의 바이러스를 퍼뜨리는 것을

너와 나, 그리고
우리 모두가 가슴을 열고
환한 웃음으로 서로의 손을 잡는다면
구수한 고구마가 익어가는 화롯가의 풍경이 울리고
그대처럼 마음으로 적은 시를 주지는 못해도
마음으로
나를 감동하고
그대를 감동하고
이 세상을 감동하고
이제는 노부의 혜안처럼
그렇게 웃음지은 것을 그대는 알겠지요.

행복이란

가까이 있으면서도 업은 애기 3년 찾듯이
밖으로만 행복을 찾으러 힘들게 나간다.
행복 찾기 힘든 과정에서 쉬다 보면
스펀지에 물이 오르듯이 행복이 올라온다, "나 여기 있어요."라고.
행복은 작으면서도 결코 무시할 수 없는 소중한 것이기에
잘 살펴보면 얼마든지 가까운 내 곁에 머물고 있다는 것을
간과할 때가 많은 것 같다.

하루가

알람에 맞추어 거실에 따뜻함을 불어넣고
얼굴에 온화함을 위하여 불을 지핀다.
20분 후면 얼굴과 마음에 연지 곤지를 하고
담아 놓은 정한수 그릇의 물을 비워
맛있고 새로운 정한수를 떠 올리며
내 소원과 함께 염주를 돌리면서
천수경이 낭랑하게 내려와
세상의 온화한 기운을 내 주위를 살펴본다.
고맙고 사랑스런 새로운 날의 시작이던가.
이렇게 살게 해 준 이 세상에 대한 보답은
행복한 모습을 가지고 모든 이가
더 행복하고 감동하는 삶이기를 바란다는 것
비록 커다란 소원자리에 담을 수 있는
평범한 소원은 아니어도
그렇게라도 이 하루를 감사해야 떠오르는 해를 향해
한껏 웃을 수 있지 않은지

오늘도 하루가 그렇게 시작되고
성스러움의 기운이 온 세상을 향하고 펼치고 있다.

삶에 삶 더하기

일정한 규칙과 일정한 좋은 습관은

사람의 마음을 다스리는 좋은 기회인 것이다.

의식적으로 자기를 가꾸어야 하고 자신을 연마한다면

세월의 흐름 속에서도 아름답게 보석처럼 빛나는 인생을 살 것이다.

시나브로

아무리 발버둥 쳐도
안 되는 것은 단념해야지

아무리 급해도
아무렇게는 할 수 없잖아

아무리 세상이 불공평해도
찡그리거나 그대를 원망하지 말게나

인생을 돌아보며
큰 호흡해가면
먼 바다가 한눈에 보이듯이
사는 것도 괜찮지 않겠나?

석양노을은
어김없이 찾아오는 것
한 발짝 물러나서 쳐다보세나

날이 어두워지면

쉬어가고 때론 불빛도 만들어가고

이번만큼은 시나브로 걸어가세나

멀리서 보면

멀리서 보면 인생은

큰 바다의 잔잔함처럼 고요하게 보이지만

큰 폭풍과 풍랑을 이기고 온갖 생명을 안고 있듯이

인생의 바다에서 보면

사이사이 역경이 있어도

아름다운 추억으로 채색되어 살아지는 것인가 보다.

내 생각 적어보기

인간의 끝

오직 한 줄의 생명선으로 살아가는 식물인간에게서
인간이기를 존엄하다고 기대하고 생명을 연장시켜 주는가?

삶이 내 자유의지로 꺾을 수 있을 때까지가
인간이거니
경배하라!
파닥거리며 물속을 자유로이 다니는 물고기들
정확히 목적을 향해
한 치의 오차도 허락하지 않는
독수리의 그 날카로운 지혜의 날갯짓을
그대들은 아는가?

여기저기서 십자가가 위태해
하늘을 향해 더 뾰족하게
서릿발처럼 내려지고
그대들은 아는가?

그대들의 혼자서의 자유로운 비행도
마저 신의 영역이라고 인간의 자유마저

내팽개친 그 파렴치함을 그대들은 아는가?
그 어리석은 속박을 같이 가자고 사탕발림하고
물세례하고 밤낮으로
이런저런 어리석은 것들의 극치를

사람은 끝까지 인간다워야 한다

인간의 삶에 대한 욕망은 끝이 없다.
물론 인생을 사는 데 힘이 들어서 목숨을 포기하는 사람도 있는데
그나마 그것은 행복한 것이 아닌가?
스스로 목숨을 끊을 수 있는 의지와 힘이 있다는 것은
인간으로서 자신의 존재를 선택할 수 있다는 자존이 있다는 것이다.
나 스스로 그런 힘과 의지가 없다면 인간이 인간 아님을.
우리 스스로 자존과 인간의 존엄성을 지킬 때 인간임을.

내 생각 적어보기

....

....

....

....

....

철학

내게 철학은 인간을 인간답게
신의 영역에서
허우적대는 인간의 본연성을 확장하기 위함
진실로 진실되게 인간이기를 바란다.
신은 죽었다는 니체의 외침은
너무도 충성스런 신앙에 대한 무시할 수 없는 마지못한 대변이겠지

신은 애초에 없었다.
그리하여 죽음이라는 것도 없었던 것이다.
다만 신이라고 불리워진 이름이
크게 번성하고 무시할 수 없이 온 세상이
인간보다 신의 이름이 덮여 있어
인간에 의해 더욱 애착되어진 허상의 신은
나약이라는 이름 속에서
종횡무진 활약을 하였지.

이미 없는 그 신은
주인도 없는 그곳에서
주인 아닌 자가 신에게 갈 것을

기도로 떠들어댄다.

죄를 사해달라고

누구에 대한 죄인지

없는 죄를 사해달라고

미쳐버림에 극치로 휴거는

또 다시 우리를 인간의 나약함에 직면하게 한다.

철학은 내게 인간이기를

종교는 내게 겸허하기를

미네르바, 아테나

지혜의 여신을 '미네르바'라고 하기도 하고 '아테나'라고도 한다.

철학은 저녁에 관조하고 아침을 예견하는 그런 학문인 것이다.

인간이 인간다워야 하고 관조하는 삶이어야 하지 않을까

인생이 저물어간다

인생이 저물어간다.

울며 떠든 내 영혼의 삶이

노을이 지듯 저물어간다.

그래도 아름다운 모습이나마

내 영혼을 담아

영롱한 음악을 저울에 가득 넣고

따스한 햇볕을 채울 수 있는

한 뼘의 땅이라도

앉을 수 있는 여유가 있다면…….

인생은 저물어간다.

몸부림쳐도

작고 큰 시간의 추는

나를 오르내리며 지나쳐간다.

흔들거림에 몸부림치며

가슴 아파해도

해진 가슴 속에 피어나는 음악이

꼭꼭 눌러쓴 편지처럼

내 영혼은 풍요로운 음악이

그나마 눈가에 웃음 띤 울음이 새겨진다.

그래도
인생은 저물어간다.

그리하여

저물어가는 인생을 어떻게 붙잡을 수 있겠는가?

그동안 살아지고 살아난 것도 고마울 뿐이다.

오늘 이 순간 살아있음으로 더욱 겸손하고 감사해야 할 뿐이다.

그대 지금 떠나라

그대 지금 머물러 있어

안온함에 평화로웠는가.

높은 지위와 따뜻한 집이 그대의 소중한

꿈이었는가.

과감하고 두려움이 없는 아무것도 걸치지 않은

두려우면서 주저한 그대

그대 그래도 떠나라

훌훌 나비처럼

가볍게

툴툴 벗어 내리고

순수함을 따라나서라

그대 지금 안온한가.

이러저런 생각 말고

주저 없이 떠나라

때론 과감하게

우리는 어떤 일을 시작할 때

이래서 안 되고 저래서 안 되고 하면서 따지다가

결국은 아무것도 못 하는 경우가 있다.

그렇고도 중단됨에 이런 핑계 저런 핑계를 대기도 한다.

배수의 진을 치는 것처럼 이런저런 생각에 휩싸이지 말고

과감하게 도전을 하자.

내 생각 적어보기

제국의 딸

드디어 그 모습이 드러났구나.

아직도 더럽고 날카로운 비수 같은 큰 발톱은

애국으로 치장하여 하얗게 덮어내지만

다는 몰라도 눈뜬 아이들의

그 선각자는 울며 일어날 것이다.

그 아버지보다 더

가슴 아팠던 것을 그렇게 풀며

우리의 가슴에 비수를 꽂아야 하겠니.

형벌의 황관을 아직도 모르는구나

더 이상의 부드러운 말마저 할 수 없는 것 같은

소통하고 함께하자던

그녀는

우리를 먼저

불통하고 사사로운 숨소리마저 짓누르고 있다.

그대의 아무렇지 않은 발에 수많은 가슴에 피가 물들고

그대의 아무렇지도 않은 손에 수많은 눈물이 쏟아지고 있다.

훗날을 위하여

세월호 사건 이후에 어느 누구도 책임지지 않는 사태에서

정말 아무것도 할 수 없는 심정에 무기력감이 계속되었다.

내가 최고자였다면 어떻게 할 수 있을까 하는 생각을 해 보았고,

지금의 내가 할 수 있는 것은 비판과 요구를 해야 하는 것이고,

나 또한 그런 위치는 아니더라도

내 위치에서 할 수 있는 것을 하려고 노력했다.

그렇게라도 하지 않으면 살아도 살지 않는 목숨이 되고

시커먼 멍은 사그라들지 않을 것이기 때문이다.

빈껍데기는 가라

속절없는 그리움을 가지고 애정인 양
마지막 손을 떨쳐 내리지 못하니
어디쯤엔 안을 꽉 차 안고 있었겠지
이제는 뒷모습도 보이지 않게 몰래 떠나라.

이제 얼굴 없는 알맹이도 가라
위아래도 없고 옆도 없는 그런 속에서
많이도 마주 앉아 있었구나.
초라함도 부끄러움도 손톱만큼도 모르고
주제에 치솟는 맑은 해도
내 것인 양 뽐내는 치졸함에 이제 치를 떨구는구나.

빈껍데기가 가고
얼굴 없는 알맹이마저 가면
남는 것이 없이
휑한 바람이 일고
어린애 속살 같은 새살이 돋고
늙은 노옹이 지혜로움 가득한 햇살이 마주 앉아
녹색의 정원은 노랗게 익어가겠지

또다시 푸른 하늘은 따스한 빛을 내밀겠지.

세월이 흘러

세월이 흘러 가까운 미래에

지금의 선택과 판단이 후회되지 않도록

신중하고 또 신중하게 결정을 하되

따뜻한 인간애가 있어야 하지 않을까 싶다.

사랑하는 것에서 있어서도

내 마음대로 되지 않는 것이고 미련을 남기는 것이지만

때로는 그 아픔마저 안으로 숙이고 살아야 하지 않을까?

포산의 길 (포산지도)

길이 나를 찾아 물어보니
가는 길이 일어나
향기로운 꽃이 되고
졸졸졸 여유로운 냇가 되네.

내가 가는 길이 곧 바르면
시원한 진도 바다 열리고
내가 가는 길이 꼬부랑거리면
이야기 조롱조롱 열려 우리 마을 포산 되네.

시작과 끝이 만나
또 다른 나를 그려도
끝이 없고 부족함이 없는
도란도란 자연의 길
시원시원 대유의 길

글을 지은 배경

포산 박태우 교감선생님의 정년퇴임에 앞서 그려준
부채 및 족자를 받고 지은 감사의 답시다.
가시는 길에 그동안 걸어온 길이
무난하게 한 길을 걸어가는 길이 평안하게 지나왔지만
그 족적이 크고 앞으로의 길도 무난하게 이어지리라 믿어
부족하나마 지어보았다.

질주와 쉼표

속도는 내 눈을 따라온다.

눈을 들어 멀리까지 거리를 깜박이면

윙~ 윙~ 쏜살같이 차는

코너를 돌아가는 위험한 질주의 쾌감을 손으로 온몸으로 전달한 채

뜨거운 입김을 가득 안은 채 날아간다.

그리 멀지 않은 곳에서 브레이크 잡는 모습이나

느닷없이 비상거리는 깜박임에

엉성엉성하게 짠 목도리를 축축 늘이듯이

한나절 두나절 그렇게 쉬엄쉬엄 가게 되고

질주의 뒤끝으로 속도감이 유지되어

멈춰버린 고장 난 시계마냥

맨날 9시 25분 그 시간에 가까우면

정말 이 시계가 맞나 하고 눈속임하듯

쉬어가듯 굴러간다.

그래

인생의 시간표는

늘어진 고무줄과 타협을 모르는 커다란 돌덩이에

마찰로 비벼대어 고통으로 찢겨나가도

그 고통을 떨고 웃어 제치는

노가 없는 속도와 쉼표이다.

하루 인생

하루살이한테 하루의 의미가 전체이듯이
우리 인생도 하루를 보면 인생의 단면을 보듯이
그렇게 하루가 전체로 느껴지는 때가 있다.
샘솟듯 솟아오르는 열정을 다하는 아침에 쉬엄쉬엄 휴식도 하고
바쁘게 돌아다니는 낮의 일상에 어느덧 축 늘어진
오만상의 일그러진 자화상처럼 그렇게 저문 밤은
벌써 하루를 고하듯이 그렇게 인생이 덧없이 저물어가는 것 같다.
그러기에 뭐라도 붙잡고 있으면
지푸라기라도 잡는 심정이 되지 않는가?

삐아제가 울었다

삐아제가 울었다.

내가 갈 곳이 어디냐고

산기슭을 돌아서 왔는데

발이 불어 터지는데

산처럼 고요하는 자 누군가

우는 아이 화내는 아이도

마냥 보고만 있는데

웃는 아이에게는 호응해 주는 우리가

먹을 것이 없어 우는 아이에게

삐아제는 없었다.

하루 걸러 달라지는

전주의 목표는

시야를 벗어 던지고 산 지 오래

그래서

삐아제는 울고 있었다.

가슴에 꽃이 있어도

누구 하나 아름답게 쳐다보지 않는

하늘을 보며

그래도

그래도

삐아제는 웃었다.

흔들거리는 중심

백년지대계하는 말은 어디로 간 지 오래고

오년지소계만 존재한다는 현 실태를 보면서

그로 인해 한참 자라나는 새싹들이

너무도 시달리는 것을 보니 마음이 울컥하다.

무엇을 위하여 그렇게 힘들게 살아가야 하는지……

아하!

잃어버렸습니다.

그 어디에 가도 찾을 수 없었습니다.

그리스의 아르키메데스 목욕물에서도

가다가 엎어져

아-야! 하고 울어도 봅니다.

그래도 저기에

그대로 바로 여기에

아하! 하고 그 깃발이 있기에 웃습니다.

아하!

녹색 눈물 영글어

진한 흙 속에 열매를 보면

난

아하!

긍정적인 삶이 부르는 행복

밝은 쪽으로 시선을 돌리면

시야에 아름다움과 희망의 꽃이 피어난다.

같은 것도 어떻게 보느냐에 따른 생각의 차이.

그것이 우리를 웃고 울게 만든다.

긍정적이고 이해하는 그런 삶이면

우린 얼마든지 아픔도 견딜 수 있는 꿈을 꿀 수 있으니

얼마나 좋은가?

서곡

웅장한 교향곡의 끝은 아니어도

인간의 근원인 저 깊은 골짜기를 지나

깊은 나무속을 내리는 시원의 물은 아니어도

처음 보는 그 귀하디귀한

보석의 찬란함은 아니어도

행복 찾아 온 세상을 뒤져서

지쳐 누워 허무함에 쓰러져 있을 때

어느 낯익은 그리운 이가

당신이었나이다.

그토록 미움과 외면으로만 다가온 그대가

이제는 한없는 기쁨과 그리움으로

따스한 행복을 들이 부어주고 있나이다.

그 어디에도 없는

당신의 존귀함과 사랑에

조그마한 마음의 꽃을 들어 바치오니

새 생명인들 이렇게 기쁘오리이까

새 보금자리인들 이렇게 행복하겠나이까

눈먼 자가 눈으로 조심스레 놀라

찾아가는 놀라운 세계의 진리를 보듯이
그렇게 시원한 행복으로 시작하겠나이다.

새로운 발견 유레카

어디에서 시작했는지 모른다.

그렇지만 새로운 향기의 기운이 솟아오르면 장님이 눈을 뜨듯이

그렇게 놀라운 세계가 다가온다.

세상도 그렇게 나에게 놀라운 모습으로 다가올 때가 있다.

알 수 없는 그 무엇이 나를 신비로운 눈을 가지고 쳐다보게 한다.

인생은 그래서 살 만하지 않은가 싶다.

배워도 또 배우고 싶고 알 것 같으면서 알지 못하는 세계 속에서

난 또 방황하면서도 길을 걸어가야겠다.

/ Part 5 /

가나다로
시를 지어 볼까요

가난한 저녁

가난한 저녁의 괴로움을 잊어버리고

나른한 봄볕의 따사로움을 느껴본다.

다락방 같은 안온한 분위기의 커피 향기를 찾아

라일락 향기 꽃피는 하얀 언덕을 그려본다.

마지막까지도 예쁨을 간직한 어린 새싹 같은 하루하루

바라던 대로 모든 것이 된다면 무엇을 또 원하겠니?

사랑하는 사람들 속에서 끼웃끼웃하고 넘겨짚은 웃음도 웃어보고

아이 같은 장난기로 통통거리는 하루를 지내보자꾸나.

자동차 밖으로 펼쳐지는 산등성이의 어머니 가슴 같은 포근함에

차 한잔을 지나가는 사람과 따뜻하게 마시고 싶어진다.

카라멜 같은 달콤함에 추억들이 송송 살아나고

타다 남은 잿더미에서 불길을 헤매어 찾듯이

파란 눈의 희망을 띄어본다

하하하 오늘도 그렇게 가나다 하면서 말이죠.

가자꾸나

가자꾸나

나라 안팎을

다 다닐 수 있다면 얼마나 좋을까

라면을 먹어도

마음먹은 대로 돌아다녀볼까

바라는 대로 이루어진다던가

사랑하는 사람과 같이

아름다운 풍경을 만들며

자랑스러운 얼굴을 내밀듯이

차가운 대리석의 태국에 절도 가고

카멜레온이 살아 숨 쉬는 그 나라에도 가고

타잔이 나올 법한 그 정글에도 가고

파도가 밀려오는 태평양에도 가고

하늘 아래 그 어디에도 가고 또 가고

가없는 하늘

가없는 하늘을 향해

나그네처럼 인생을 관조하자

다향의 매력에 마음마저 선사가 되어보고

라벨에 적어 놓은 추억처럼

마음에 깃발이 되어 날리자

바닷속에 자유로운 영혼의 산호처럼.

사막 위에 시원한 오아시스처럼

아련히 자신을 쓰다듬어보자

자신마저 잃어버리고는

차가운 도시에서 방황하여도

카모마일 향기를 느끼며

타조의 달리기처럼 뒤뚱거려도

파란 하늘에 웃음 띠고

하얀 조가비 속에 추억을 드리우자

가슴속에

가슴속에 울화통은 담지 말게나
나 자신을 위한 것은 오직 나 자신뿐
다들 위한다고 해도 자기는 자기가 챙겨야 한다네.
라면 한 끼를 먹더라도
마늘 없는 김치 요리를 먹을 수 없지 않는가
바늘 끝에 나를 쑤시는 말을 들어도
사랑하는 것은 오직 내가 나를 사랑한 것밖에
아무리 변명해도 그것은 진리야
자기만 생각한다고 막캥이라도 해도
차갑게 내몰리더라도
카라멜처럼 자신에게 달콤한 말로 다독여주게
타인의 입발림에도 장단 맞춰주고
파르르 떠는 독설에 가슴 아픈 일도 지워버리고
하늘 보고 땅 보고 웃어내고 웃어보세나

가느다란 실타래

가느다란 실타래를 여러 겹으로 엮어서

나래를 펴듯이 살랑살랑 나비 옷을 만들어본다.

다양한 꽃들을 수놓아 보고

라염으로 물들여보고

마직에 큰 주름 잡아본다.

바느질 가는 길에는 꽃이 피어나 웃고 있네.

사랑하는 사람에게 드리는 그 옷

아득히 먼 옛날이야기가 되었지만

자랑스럽게 펼쳐 볼 것이다.

차곡차곡 쌓인 추억의 한 켠 한 켠에

카니발에서 만나 황홀한 밤을 지새웠건만

타인이 되어 버린 그 사람은

파르라한 머리로 염을 하는 내 마음을 알까?

하늘도 모르고 나도 모르는데 어찌 그대가 알겠는가?

나도 시인 되어보기

가
나
다
라
마
바
사
아
자
차
카
타
파
하

나도 시인 되어보기

가
나
다
라
마
바
사
아
자
차
카
타
파
하

엄마라는 이름으로 삶의 굴곡을 고민하고

아파하며 눈물을 훔치는 분들과

지칠 줄 모르는 열정과 순수한 마음을 가지시고

교육이라는 숭고한 깃발 아래 살아가시는

모든 분들께 이 글을 바칩니다.

- 미소 짓는 정순화 DREAM

희망과 긍정, 용기와 지혜를 담은
곁에 두고 싶은 시를 통해
행복한 에너지가 팡팡팡
샘솟으시기를 기원드립니다!

– **권선복**(도서출판 행복에너지 대표이사, 한국정책학회 운영이사)

　　누구나 행복한 나날만을 원하지만, 삶은 결코 그렇게 호락호락하지 않습니다. 작은 샘에서 솟아오른 하나의 물줄기가 바다에 이르려면 험난한 과정을 거치기 마련입니다. 크고 작은 돌에 부딪치며 계곡을 따라 흐르고, 홍수와 가뭄을 견뎌야 강이 됩니다. 굽이굽이, 천천히 흐르며 세상 풍파와 계절의 변화를 온몸으로 받아내야만 바다에 도달할 수 있습니다. 그 아름답고 웅장한 바다에 도달하기 위해, 그 평안하고 행복한 삶에 이르기 위해 인생은 고난을 강요합니다. 그 인생이라는 힘겨운 여정에, 늘 곁에서 격려하고 응원을 보내는 친구 하나 있다면 얼마나 좋을까요? 굳이 사람이 아니어도 좋습니다. 손만 뻗으면 잡히는 곳에 있는 다정다감한 친구 한 명, 지금 사귀어 보는 것은 어떨까요?

책『곁에 두고 싶은 시』는 2010년 〈문장21〉로 등단한 정순화 시인의 첫 시집입니다. 첫 작품집이라고는 믿기지 않을 만큼 단단한 내공과 뛰어난 매력으로 독자의 마음을 사로잡습니다. 읽는 즉시 단숨에 여운을 남기는 서정성은 물론, 생을 깊이 들여다보게 하는 철학적 잠언은 평생의 동반자로서 두고두고 읽을 수 있는 즐거움을 주리라 믿어 의심치 않습니다. 정순화 시인은 실제로 위암이라는 큰 시련을 겪었지만 긍정적 마인드로 무장하고 오직 희망을 향해 걸었습니다. 그리고 그 곁에 이 시집에 담긴 작품들이 함께해 주었습니다. 많은 사람들이 힘겨운 나날을 보내는 요즈음, 용기를 북돋아주고 희망을 나누게 하는 위풍당당한 시로 승화시켜 시집으로 출판하는 귀한 인연을 주신 정순화 시인께 힘찬 응원의 박수와 감사의 말씀을 전합니다.

시는 인류 역사에 있어 가장 오래된 문학 장르이며 그만큼 많은 사랑을 받아왔습니다. 근래 시에 대한 인기가 줄어들긴 했지만 여전히 시를 통해 세상에 희망의 메시지를 전하는 분들이 있습니다. 이 시편들이 대한민국 국민의 삶에 행복과 긍정의 에너지를 팡팡팡 샘솟게 하기를 기원드리며 '가나다'로 시를 지어보는 독자들에게 힘찬 행복에너지를 전달하여 드리겠습니다.

연탄 두 장의 행복

이재욱 지음 | 값 13,500원

현재 부천작가회의 회장이자 수주문학상 운영위원으로 활동 중인 이재욱 소설가의 『연탄 두 장의 행복』. 노년층, 이혼녀, 불법체류 외국인 등이 우리 사회에서 겪는 참담한 현실을 생생히 전한다. 제목과는 완전히 다른, 섬뜩한 결말을 담고 있는 「연탄 두 장의 행복」을 필두로 총 아홉 편의 단편소설들이 환희와 슬픔, 불행과 행복을 그려내고 있다.

눈뜨니 마흔이더라

김건형 지음 | 값 10,000원

『눈뜨니 마흔이더라』는 우리가 살아오는 내내 지녀야 했던 존재의 고독과 아픔이 어디에서 왔는지 적요하게 탐색하는 유로클래식멤버스 김건형 단장의 시편들을 담고 있다. 50여 개국 가까이 다양한 나라를 여행하고 쓴 시들은 이국적인 배경과 언어로 가득했지만 여전히 그 시에는 삶과 사람에 대한 따스한 시선이 괴어 있다.

새벽을 여는 남자

오풍연 지음 | 값 15,000원

『새벽을 여는 남자』는 이미 페이스북으로 수많은 독자들과 소통하고 있는 저자의 인간미 넘치는 어투는 쉽지 않은 인생을 살아가는 우리 모두에게 따뜻한 위로와 공감을 전하고 있다. 저자와 같은 대전고 출신의 現 한국표준과학연구원 배재성 기획부장 사진들은 시각적 묘미를 한껏 살려 글에 감동을 더한다.

사람이 행복이다

최세규 지음 | 값 13,800원

책 『사람이 행복이다』는 총 26장으로 구성되어 저자가 걸었던 인생길의 곳곳을 담담하게 보여주고 있다. 그것은 한 개인의 역사에 머물 수 있으나 그가 건네는 인생길을 천천히 더듬어 가다 보면 그곳에 저자가 열망하고 행복을 느끼고 성공을 보는 사람의 아름다운 기운을 감지할 수 있을 것이다.

그대, 늦었다고 걱정 말아요

감민철 지음 | 값 13,800원

『그대, 늦었다고 걱정 말아요』는 바로 이렇게 힘겨운 시기를 보내고 있는 젊은이들에게 따뜻한 위로의 메시지를 전하는 책이다. 현재 주어진 암울한 환경이 아닌, 어려움을 통해 더욱 성장하게 될 미래의 자신을 바라보라고 주문한다. 우리가 늘 부정적으로만 여겼던 고난의 진정한 의미는 과연 무엇일까? 지금 이 책에서 그 해답을 확인해보자.

행복마법

S. Ren Yuk 지음 | 값 13,800원

책 『행복마법』은 다양한 키워드를 통해 행복에 대해 정의를 내리고 어떻게 하면 행복하게 살아갈 수 있는지에 대해 소개한다. 사랑, 연애, 인생, 외모, 나이, 품덕, 지혜, 쾌락 등 우리가 늘 고민하는 가치들을 자세히 살펴보고 일련의 알고리즘을 통해 어떻게 행복한 삶이 완성되는지 설명하고 있다.

가슴으로 피는 꽃

신영학, 위재천 지음 | 값 15,000원

책 『가슴으로 피는 꽃』은 하상 신영학 시인의 시와 도진 위재천 시인의 시가 이마 위에 쏟아지는 봄 햇살처럼 밝게 빛나는 시집이다. 사랑하는 사람에게 보낼 고백이 담긴 편지처럼, 정성스레 써 내려간 시편들은 우리네 삶의 평범하지만 온기 넘치는 광경을 고스란히 담고 있다.

치매도 시가 되는 여자

류 자 지음 | 값 13,500원

책 『치매도 시가 되는 여자』는 실제로 치매에 걸린 시어머니를 8년째 모시고 있는 한 며느리가 조금은 불편하지만 그 어느 가정과 다를 바 없이 행복한 일상에 대해 담은 책이다. 치매가 느닷없이 가져온 삶의 비애가 더 커다란 행복으로 승화되는 과정을 시와 에세이를 통해 그려내고 있다.